ERA UMA VEZ

ERA UMA VEZ

Copyright © DarkSide Entretenimento Ltda., 2022

Tradução para a língua portuguesa:

"A Pequena Sereia" e "A Rainha da Neve"
Tradução do dinamarquês
© Ana Cunha Vestergaard, 2022

"Branca de Neve", "A Gata Borralheira" e "Rapunzel"
Tradução do alemão © Flora Manzione, 2022

"A Balada de Mulan"
Tradução do mandarim
© Inty Scoss Mendoza, 2022

"A Bela Adormecida no Bosque" e "A Bela e a Fera"
Tradução do francês © Marcia Heloisa, 2022

Ilustrações de capa © Marina Mika
Ilustrações de miolo © Asya Yordanova

Diretor Editorial
Christiano Menezes

Diretor Comercial
Chico de Assis

Gerente Comercial
Giselle Leitão

Gerente de MKT Digital
Mike Ribera

Gerente Editorial
Bruno Dorigatti

Editoras
Marcia Heloisa
Nilsen Silva

Capa e Projeto Gráfico
Retina 78

Coord. de Arte
Arthur Moraes

Coord. de Diagramação
Sergio Chaves

Designer Assistente
Aline Martins / Sem Serifa

Finalização
Sandro Tagliamento

Preparação
Lúcia Maier

Revisão
Laís Curvão
Victoria Amorim
Retina Conteúdo

Impressão e Acabamento
Gráfica Geográfica

DADOS INTERNACIONAIS DE CATALOGAÇÃO NA PUBLICAÇÃO (CIP)
Jéssica de Oliveira Molinari - CRB-8/9852

Princesas Dark / Charles Perrault...[et al] ; tradução de Ana Vestergaard...[et al] . — Rio de Janeiro : DarkSide Books, 2022.
176 p.

ISBN: 978-65-5598-219-0

1. Literatura infantojuvenil 2. Contos de fadas
I. Perrault, Charles II. Vertergaard, Ana

22-4487   CDD 028.5

Índices para catálogo sistemático:
1. Literatura infantojuvenil

[2022]
Todos os direitos desta edição reservados à

 DarkSide® Entretenimento LTDA.
Rua General Roca, 935/504 — Tijuca
20521-071 — Rio de Janeiro — RJ — Brasil
www.darksidebooks.com

FÁBULAS DARK APRESENTA

PRINCESAS DARK

CHARLES PERRAULT
HANS CHRISTIAN ANDERSEN
IRMÃOS GRIMM
JEANNE MARIE LEPRINCE DE BEAUMONT

ILUSTRAÇÕES
ASYA YORDANOVA

TRADUÇÃO
ANA VESTERGAARD • FLORA MANZIONE
INTY SCOSS MENDOZA • MARCIA HELOISA

DARKSIDE

PRINCESAS DARK

SUMÁRIO
DARKSIDE

- **013.** APRESENTAÇÃO
  ERA UMA VEZ

- **019.** IRMÃOS GRIMM
  "BRANCA DE NEVE"

- **035.** IRMÃOS GRIMM
  "A GATA BORRALHEIRA"

- **049.** CHARLES PERRAULT
  "A BELA ADORMECIDA NO BOSQUE"

- **065.** HANS CHRISTIAN ANDERSEN
  "A PEQUENA SEREIA"

- **095.** JEANNE MARIE LEPRINCE DE BEAUMONT
  "A BELA E A FERA"

- **115.** ANÔNIMO
  "A BALADA DE MULAN"

- **121.** IRMÃOS GRIMM
  "RAPUNZEL"

- **131.** HANS CHRISTIAN ANDERSEN
  "A RAINHA DA NEVE"

ERA UMA VEZ

Apresentação por
MARCIA HELOISA
& NILSEN SILVA

... duas meninas que, durante uma tempestade de verão, ganharam um presente encantado.

Sozinhas em casa, à luz de velas, contavam histórias sobre reinos distantes, criaturas sinistras e princesas valentes, enquanto o trovão rugia suas gargalhadas. A casa parecia adormecida, e as sombras bruxuleantes na parede se aproximavam para ouvir os contos mais de perto. Lá fora, a chuva distorcia a paisagem do bosque, que nas noites de estio era sempre muito sereno, e formava poças que espelhavam a escuridão do céu.

Já era tarde quando ouviram três batidas à porta. Curiosas, espiaram pela fresta da janela e, através do véu do temporal, avistaram uma anciã de rosto austero, apoiada em um velho cajado.

As meninas se entreolharam e, tomadas de coragem, abriram a porta. Afinal, já haviam lido contos de fadas o suficiente para saber que as aparências são enganosas.

As duas eram prova viva disso, pois, embora parecessem sempre perdidas em devaneios, jamais hesitavam em colocar os pés no chão e dar passos destemidos diante do desconhecido. Sendo assim, movidas pela mesma impetuosidade da natureza que as cercava, abriram a porta e convidaram a anciã a entrar.

Logo notaram que a estranha estava completamente seca, com as roupas alinhadas e os cabelos grisalhos presos em um coque elegante. Acostumadas ao incomum, não fizeram perguntas; em vez disso, ofereceram à anciã uma xícara de chá fumegante. Aceitando de bom grado o convite das meninas, a visitante se acomodou na poltrona da sala. Depois de olhar ao redor e desvendar a escuridão, comentou que havia muito não se sentia tão em casa e acolhida.

A noite foi muito peculiar. A anciã era tão boa ouvinte que as histórias contadas pelas meninas ficaram cada vez mais inspiradas e mirabolantes. As palavras vertiam torrencialmente enquanto a chuva lá fora parecia abrandar. Exaustas, as meninas caíram no sono sob o olhar zeloso da visitante misteriosa.

Na manhã seguinte, não havia vestígios nem da tempestade, nem da mulher. Porém, na poltrona, encontraram um livro. Em sua capa preta, uma borboleta parecia observá-las. Como dissemos, as meninas não se espantavam com facilidade. No entanto, foi com assombro que viram as histórias que contaram no dia anterior registradas em suas páginas, com gravuras que pareciam retratar seus sonhos mais fantásticos.

Os anos se passaram e o livro nunca deixou de ser o elo encantado entre elas, que buscavam seu alento quando o mundo parecia ser um lugar desprovido de magia. Naquela casinha à meia-luz, tiveram a ideia de fazer seus próprios livros e dedicaram suas vidas a levar histórias para reinos distantes, criaturas sinistras e princesas valentes.

Há muitos verões, nós nos entreolhamos e escolhemos avançar, destemidas, rumo ao desconhecido. O vento da vida às vezes sopra para perto as almas mais afins, e nós sempre nos recordamos com carinho da noite em que a literatura pediu abrigo em nossa casa.

Eis aqui nosso presente encantado para você.

NEVE

Irmãos Grimm

BRANCA DE NEVE

··· 1812 ···

Em um dia de inverno, quando os flocos de neve caíam como plumas do céu, uma rainha costurava sentada à janela, cuja moldura era feita de ébano. Em certo momento, distraiu-se olhando para fora, feriu o dedo com a agulha, e três gotas de sangue caíram na neve acumulada no parapeito. Aquele vermelho parecia tão reluzente no branco da neve que ela pensou: *Ah, se eu tivesse uma criança com a pele tão branca como essa neve, com os lábios tão vermelhos como esse sangue e com os cabelos tão pretos como o ébano dessa janela...* Não muito tempo depois, ela teve uma filhinha com a pele tão branca como a neve, com os lábios tão vermelhos como o sangue e com os cabelos tão pretos quanto o ébano, e chamou-a de Branca de Neve. No entanto, logo após o nascimento da menina, a rainha morreu.

Um ano depois, o rei arranjou outra esposa. Era uma mulher muito bela, porém orgulhosa e cheia de vaidade, que não suportava que ninguém a superasse em beleza. Tinha um espelho mágico e, quando se colocava à frente dele e via sua imagem refletida, sempre lhe perguntava:

"Espelho, espelho meu, existe neste reino alguém mais bela do que eu?"

Ao que este lhe respondia:

"Não, minha alteza. Tu és a mais bela deste reino."

Então ela sentia uma enorme satisfação, pois sabia que o espelho só falava a verdade.

Branca de Neve, no entanto, crescia e se tornava cada vez mais bonita. Ao completar 7 anos, já era mais bela do que um dia ensolarado, mais bela do que a própria rainha. Acontece que, certa vez, quando a rainha perguntou ao espelho quem era a mais bela do reino, este lhe respondeu:

"Minha alteza, neste recinto és a mais bela, mas no reino vive Branca de Neve, e nele não há ninguém com beleza maior do que a dela."

A rainha se enfureceu com a resposta. Seu rosto enrubesceu de tanta inveja. A partir daquele dia, sempre que via Branca de Neve, sentia o estômago revirar de tanta raiva que nutria pela menina. A inveja e a soberba cresciam como uma erva daninha em seu coração, e ela não tinha mais um segundo de paz. Então chamou um caçador e lhe ordenou:

"Leve a criança até a floresta, não quero mais vê-la na minha frente. Mate-a e, como prova do feito, traga-me seu pulmão e seu fígado."

Obediente, o caçador levou Branca de Neve até a floresta. Quando apontou o punhal para o coração da menina, ela começou a chorar e a implorar:

"Ah, querido caçador, deixe-me viver! Eu vou me embrenhar na floresta e nunca mais voltarei para casa."

Ela era tão bela que o caçador se apiedou e lhe disse:

"Então vá, pobre criança! Fuja!"

Os animais silvestres logo irão devorá-la, pensou ele, sentindo um grande alívio por não ter matado a menina. Nesse momento, um filhote de javali surgiu das árvores, seguindo em sua direção. Então o caçador o matou com o punhal, retirou seu pulmão e seu fígado e os levou até a rainha, como prova de seu suposto feito. O cozinheiro do castelo preparou os órgãos com sal, e a maliciosa rainha os comeu, acreditando que eram o pulmão e o fígado de Branca de Neve.

A pobre garota ficou sozinha na imensidão da floresta. Apavorada, fitava tudo em volta, sem saber o que fazer. Começou a correr por entre pedras, árvores e espinheiros. Os animais silvestres pulavam em sua direção, mas não a atacavam. Branca de Neve correu até os pés não suportarem de dor e cansaço. Estava anoitecendo quando avistou uma pequena cabana. Resolveu entrar para descansar um pouco.

Lá dentro era tudo pequenininho, mas tão gracioso e limpo que não dava para acreditar. Havia uma mesinha coberta por uma toalha branca onde repousavam sete pratinhos, cada um acompanhado de uma colherzinha, uma faquinha, um garfinho e uma tacinha. Perto da parede, havia sete caminhas enfileiradas, cada uma coberta por um lençol branco como a neve. Faminta e sedenta, Branca de Neve comeu um pouco de legumes e de pão de cada pratinho e tomou um gole de vinho de cada tacinha, pois não queria acabar com toda a comida e a bebida de um prato e de um copo só. Mais tarde, exausta, deitou-se em uma das caminhas, mas nenhuma era adequada ao seu tamanho. Uma era muito comprida, outra era muito pequena, e assim ela foi experimentando todas, até que chegou à última, na qual coube perfeitamente. Então se ajeitou, fez uma prece e adormeceu.

Quando já estava bem escuro, os donos da cabana chegaram. Eram sete anões que, com suas picaretas e enxadas, escavavam as montanhas em busca de minérios. Eles acenderam suas sete lamparinas e, com a claridade que se fez, notaram que alguém estivera ali, pois as coisas não estavam do jeito que eles haviam deixado ao sair. O primeiro disse:

"Quem se sentou na minha cadeirinha?"

O segundo continuou:

"Quem comeu do meu pratinho?"

O terceiro quis saber:

"Quem mordeu o meu pãozinho?"

O quarto perguntou:

"Quem pegou os meus legumes?"

O quinto observou:

"Quem mexeu no meu garfinho?"

O sexto indagou:

"Quem usou a minha faquinha?"

Finalmente, o sétimo disse:

"Quem tomou o meu vinho?"

Então o primeiro anão olhou em volta, viu que o lençol de sua cama estava amassado e perguntou:

"Quem subiu na minha cama?"

Os outros correram até ele e exclamaram:

"Alguém deitou na minha também!"

O sétimo, porém, ao olhar para sua cama, viu Branca de Neve, que ali dormia. Chamou os outros, que correram até ele. Ao verem aquela cena, todos deram um grito de espanto e, com as lamparinas, iluminaram a menina.

"Meu Deus! Meu Deus!", exclamaram. "Que criança mais linda!"

A alegria deles foi tão grande quando viram Branca de Neve que resolveram deixá-la dormindo na caminha. O sétimo anão passou a noite com seus companheiros, cada um dividindo a própria cama com ele por uma hora, até amanhecer. De manhã, Branca de Neve acordou e, quando viu os sete anões, levou um susto. No entanto, eles foram gentis e lhe perguntaram:

"Como você se chama?"

"Meu nome é Branca de Neve", respondeu ela.

"Como você chegou à nossa casa?", continuaram.

A garota lhes contou que sua madrasta a queria morta, mas o caçador a deixara viver. Então ela correu pela floresta o dia todo, até que encontrou aquela cabaninha. Os anões lhe disseram:

"Se você aceitar cuidar da nossa casa, cozinhar, arrumar as camas, limpar, costurar e tricotar, enfim, manter tudo limpo e em ordem, pode ficar conosco e não lhe deixaremos faltar nada."

"Ah, sim!", respondeu Branca de Neve. "Eu aceito de muito bom grado!"

Então ela passou a morar com eles, mantendo a casa sempre muito bem organizada. De manhã, os anões iam para as montanhas em busca de ouro e minérios, e à noite voltavam para casa e encontravam a comida pronta. Como a garota passava o dia todo sozinha, os bondosos anões a advertiram:

"Cuidado, logo sua madrasta vai descobrir que você está aqui. Jamais deixe alguém entrar!"

A rainha, por sua vez, depois de pensar que havia comido o pulmão e o fígado de Branca de Neve, não fazia outra coisa além de imaginar que era novamente a mais bela do reino. Então, certo dia, ela perguntou ao espelho:

"Espelho, espelho meu, existe no reino alguém mais bela do que eu?"

E o espelho lhe respondeu:

"Minha alteza, neste recinto és a mais bela, mas nas montanhas, com os sete anões, vive Branca de Neve, e não há ninguém com beleza maior do que a dela."

A rainha urrou de raiva, pois sabia que o espelho só falava a verdade. Nesse instante, entendeu que o caçador a enganara e que Branca de Neve estava viva. Então pensou em outra maneira de matar a menina, pois enquanto ela não fosse a mulher mais bela do reino, a inveja não a deixaria em paz.

Finalmente teve uma ideia. Pintou-se e vestiu-se como uma velha vendedora ambulante, tornando-se irreconhecível. Com esse disfarce, foi até as montanhas onde viviam os sete anões, bateu à porta da cabana e gritou:

"Mercadorias usadas! Usadas, porém lindas!"

Branca de Neve olhou pela janela e disse:

"Bom dia, senhora! O que tem para vender?"

"Ótimas mercadorias", respondeu ela. "Cordões de várias cores." Mostrou um de seda, todo trançado.

Essa senhora honesta eu posso deixar entrar, pensou Branca de Neve. Então tirou o ferrolho da porta, abriu-a e comprou o lindo cordão.

"Menina, como você é linda!", exclamou a velha. "Venha, deixe-me amarrar o cordão em você."

Sem desconfiar de nada, Branca de Neve se aproximou da velha e deixou que ela colocasse o cordão em volta do seu pescoço. Mas a velha o amarrou tão rápido e tão apertado que Branca de Neve ficou sem ar e, parecendo já sem vida, tombou no chão.

"Vamos ver quem é a mais bela agora", disse a rainha, apressando-se para sair dali.

À noite, os sete anões voltaram para casa e ficaram apavorados quando viram sua querida Branca de Neve caída no chão, imóvel, aparentando estar morta. Eles a ergueram e, ao notarem que o cordão em seu pescoço estava muito apertado, o cortaram. Nesse instante, Branca de Neve voltou a respirar e aos poucos foi acordando. Recobrados seus sentidos, ela contou o que se passara, ao que os anões a alertaram:

"Com certeza a velha vendedora ambulante era aquela rainha desalmada. Proteja-se e não deixe *ninguém* entrar quando não estivermos em casa!"

De volta ao castelo, a maldosa mulher dirigiu-se até o espelho e lhe perguntou:

"Espelho, espelho meu, existe no reino alguém mais bela do que eu?"

Inesperadamente, ele lhe respondeu:

"Minha alteza, neste recinto és a mais bela, mas nas montanhas, com os sete anões, vive Branca de Neve, e não há ninguém com beleza maior do que a dela."

Ao ouvir aquilo, a rainha sentiu o coração bater mais depressa e, apavorada, pensou: *O espelho deve ter visto que Branca de Neve ainda está viva.*

"Se é assim, vou pensar em algo para acabar com ela de uma vez por todas."

E, valendo-se de bruxarias, confeccionou um pente envenenado. Depois se disfarçou de outra velha e marchou até onde os anões viviam, bateu à porta da casinha e gritou:

"Mercadorias usadas! Usadas, porém lindas!"

Branca de Neve olhou pela janela e respondeu:

"Vá embora, tenho ordens para não deixar que ninguém entre!"

"Mas você pode pelo menos ver o que eu tenho", respondeu a velha, tirando o pente da sacola para exibi-lo.

O objeto agradou tanto a garota que ela se deixou encantar e abriu a porta. Depois de acertarem a compra, a velha disse:

"Deixe-me pentear esses lindos cabelos!"

Sem desconfiar de nada, a pobre Branca de Neve aceitou, mas assim que o pente tocou seus cabelos, o veneno contido nele a contaminou. Ela desmaiou e, outra vez, tombou no chão.

"Bem, dona da beleza, agora você já era", disse a mulher e se foi.

Felizmente já se fazia noite e os anões voltaram para casa. Quando chegaram e viram Branca de Neve caída no chão, parecendo morta, logo pensaram na madrasta dela. Procuraram algo suspeito e encontraram o pente envenenado. Quase no mesmo instante, Branca de Neve recobrou os sentidos e lhes contou o que havia acontecido. Eles a alertaram mais uma vez, repetindo que ela devia ficar na cabana e não abrir a porta para *ninguém*.

De volta ao castelo, a rainha dirigiu-se ao espelho e lhe perguntou:

"Espelho, espelho meu, existe no reino alguém mais bela do que eu?"

Ao que este lhe respondeu:

"Minha alteza, neste recinto és a mais bela, mas nas montanhas, com os sete anões, vive Branca de Neve, e não há ninguém com beleza maior do que a dela."

Ao ouvir aquilo, a rainha se contorceu de raiva.

"Branca de Neve deve morrer!", gritou. "Mesmo que isso custe a minha própria vida!"

Então foi até uma sala secreta, que só ela conhecia, e preparou uma maçã envenenada. Por fora, a fruta era linda: branca e vermelha, e qualquer um que pousasse os olhos nela teria vontade de comê-la, mas somente um pedacinho dela já seria capaz de matar uma pessoa. Novamente a rainha se disfarçou como uma velha camponesa e voltou à casa dos sete anões, nas montanhas. Ao chegar, bateu à porta. Branca de Neve colocou a cabeça para fora e disse:

"Não posso deixar ninguém entrar, os sete anões me proibiram!"

"Eles estão certos", respondeu a camponesa. "Mas eu só quero me livrar destas maçãs. Vamos, deixe-me dar só uma de presente para você."

"Não", respondeu Branca de Neve. "Não devo aceitar nada de ninguém!"

"Você tem medo de que estejam envenenadas?", perguntou a velha. "Veja, vou cortar a maçã ao meio. Você come a parte vermelha, e eu, a branca."

A rainha, porém, tinha sido tão traiçoeira que preparara a maçã de modo que só a parte vermelha estivesse envenenada.

Branca de Neve logo desejou aquela linda maçã e, ao ver que a camponesa comera um pedaço dela e nada de ruim lhe acontecera, não resistiu; esticou a mão para fora da janela e pegou a metade envenenada. Assim que a mordeu, porém, caiu morta no chão. A rainha a observou por algum tempo com um olhar terrível, gargalhou e disse:

"Branca como a neve, escarlate como o sangue, escura como o ébano! Desta vez os anões não vão conseguir acordá-la."

Ao voltar para o castelo, perguntou ao espelho:

"Espelho, espelho meu, existe no reino alguém mais bela do que eu?"

Ao que ele finalmente lhe respondeu:

"Não, minha alteza. Tu és a mais bela neste reino."

E então o coração invejoso da mulher ficou em paz como nunca.

À noite, ao chegarem em casa, os anõezinhos encontraram Branca de Neve caída no chão. Não sentiram mais a respiração saindo de sua boca; realmente ela devia estar morta. Eles a ergueram e tentaram encontrar algo que pudesse estar envenenado. Desataram seu corpete, pentearam seus cabelos, banharam-na com água e vinho, mas de nada adiantou: a querida garota realmente não tinha mais vida.

Então eles a deitaram em um caixão, sentaram-se em volta do corpo e choraram por três dias seguidos. Eles queriam enterrá-la, mas ela ainda parecia tão viva e suas maçãs do rosto ainda estavam tão coradas e bonitas que decidiram:

"Não podemos afundá-la na terra escura."

Os anões então fizeram um caixão de vidro para que Branca de Neve pudesse ser vista de todos os lados. Eles a deitaram no caixão e gravaram seu nome na tampa com letras douradas, pois a menina era uma princesa. Depois levaram o caixão até as montanhas e o deixaram lá, sempre sob a vigília de um dos sete anões. Os animais da floresta vieram e choraram por Branca de Neve. Primeiro uma coruja, depois um corvo, e por último uma pequena pomba.

O corpo de Branca de Neve ficou ali, intacto, por muito, muito tempo. Parecia que a menina estava dormindo um sono profundo, pois ainda tinha a pele branca como a neve, os lábios escarlates como o sangue e os cabelos escuros como o ébano.

Certo dia, um príncipe cavalgava pela floresta quando encontrou a casinha dos sete anões. Cansado, pediu para passar a noite lá. Avistou o caixão na montanha e, dentro dele, a bela Branca de Neve. Leu o que estava escrito na tampa em letras douradas, então pediu aos anões:

"Deixem-me levar o caixão. Eu lhes darei o que quiserem por ele."

Mas os anões lhe responderam:

"Não o venderemos a ninguém, nem por todo o ouro do mundo."

O príncipe insistiu:

"Então me deem. Não posso viver sem ter Branca de Neve à minha vista. Quero honrá-la e estimá-la como minha amada."

Ao ouvirem essas palavras, os bondosos anões ficaram com pena e entregaram o caixão ao príncipe. Ele então ordenou que seus criados erguessem o caixão e o carregassem nos ombros. Ocorreu, entretanto, que tropeçaram em um arbusto, e o sacolejo fez com que o pedaço de maçã envenenada que Branca de Neve havia comido fosse expelido de sua garganta. No instante seguinte, ela abriu os olhos, ergueu a tampa do caixão e se levantou.

"Meu Deus, onde estou?!", exclamou, espantada.

Cheio de alegria, o príncipe lhe respondeu:

"Você está comigo!"

Então lhe contou tudo que ocorrera e disse:

"Eu te amo mais do que tudo neste mundo. Venha para o castelo de meu pai e case-se comigo!"

Branca de Neve aceitou o pedido e partiu com o príncipe. O casamento aconteceu com muita pompa e esplendor. A desalmada madrasta de Branca de Neve, no entanto, também foi convidada para a festa. Trajando lindas vestes, ela se postou diante do espelho e lhe perguntou:

"Espelho, espelho meu, existe no mundo alguém mais bela do que eu?"

E este lhe respondeu:

"Minha alteza, neste reino és a mais bela, mas em outro existe agora uma jovem rainha, e não há ninguém com beleza maior do que a dela."

A maldosa mulher lançou uma praga e sentiu tanto, mas tanto medo, que ficou paralisada. Primeiro, não queria mais ir ao casamento, mas assim ela não ficaria em paz, pois precisava ver a jovem rainha. Assim que chegou ao castelo, Branca de Neve logo a reconheceu. No mesmo instante, a velha rainha ficou petrificada de medo e pavor, incapaz de se mexer. À sua frente, havia um par de sapatos de ferro aquecidos em carvão em brasa que haviam sido colocados ali com a ajuda de tenazes. Então a terrível mulher foi obrigada a calçar os sapatos vermelhos e incandescentes e dançar com eles até morrer.

GATA

Irmãos Grimm

A GATA BORRALHEIRA

••• 1812 •••

Era uma vez um homem muito rico cuja esposa, um dia, adoeceu. Quando ela sentiu que seu fim estava próximo, chamou sua única filha ao seu leito e lhe disse:

"Minha filhinha querida, seja sempre boa e obediente, pois assim nosso Deus amoroso irá sempre te ajudar, e eu estarei te vendo lá do céu e estarei perto de você."

E então ela fechou os olhos e se foi. A garota ia todos os dias ao túmulo da mãe e chorava, e continuava sendo boa e obediente. Quando o inverno chegou, a neve cobriu o túmulo como um fino lenço branco, e quando o sol veio no começo do ano e o descobriu novamente com seu calor, o pai da menina se casou com outra mulher.

A nova esposa levou consigo para a casa dele suas duas filhas, que eram belas e de feições delicadas, porém malcriadas e de coração bruto. E assim começou uma época muito difícil para a pobre enteada da mulher. "Como essa idiota ousa sentar-se na sala conosco?", diziam as irmãs. "Quem deseja comer pão deve fazê-lo por merecer. Fora daqui, empregadinha!" Um dia, as moças usurparam todos os lindos vestidos da menina, fizeram-na vestir um avental velho e cinza e lhe deram um par de tamancos.

"Vejam só como a imponente princesa está elegante!", exclamaram elas, rindo, e em seguida a mandaram para a cozinha. Então a garota passou a ter que trabalhar arduamente de manhã até a noite: precisava acordar antes de o sol nascer, buscar água, acender o fogão, cozinhar e limpar. Além disso, as irmãs lhe causavam todo tipo de sofrimento, zombando dela e despejando ervilhas e lentilhas nas cinzas para que ela tivesse que catá-las de novo. À noite, quando estava exausta de tanto trabalhar, não tinha uma cama para dormir, e sim um canto cheio de cinzas ao lado do fogão. Por estar sempre empoeirada e suja, as mulheres a apelidaram de Gata Borralheira.

Um dia o pai quis ir à feira na cidade, então ele perguntou às enteadas se desejavam algo de lá.

"Belos vestidos", disse uma delas.

"Pérolas e pedras preciosas", respondeu a outra.

"E você, Gata Borralheira? O que quer?", perguntou ele, ao que a filha respondeu: "Pai, quando o senhor estiver voltando para casa, colha para mim o primeiro broto de avelã que roçar no seu chapéu!".

O homem então comprou para as duas irmãs lindos vestidos, pérolas e pedras preciosas, e ao cavalgar de volta para casa, um broto que pendia de uma aveleira roçou em seu chapéu e o derrubou. Ele colheu a planta e a levou consigo. Ao chegar em casa, deu às enteadas o que elas haviam pedido e à Gata Borralheira o broto de avelã. Ela agradeceu, foi até o túmulo de sua mãe e plantou o brotinho, e chorou tanto, mas tanto, que as lágrimas que caíam acabaram por regar a planta, que cresceu e virou uma bela árvore. Todos os dias a Gata Borralheira passava três vezes sob ela, chorava e rezava, e toda vez que um passarinho branco pousava na árvore, ela fazia um desejo e ele jogava para ela o que ela havia pedido.

Um dia, o rei anunciou que daria uma festa que duraria três dias e para a qual todas as moças virgens do reino estavam convidadas, pois seu filho iria escolher uma noiva. Quando as irmãs souberam que deveriam comparecer ao baile, ficaram muito entusiasmadas. Logo chamaram a Gata Borralheira e lhe disseram:

"Penteie nossos cabelos, lustre nossos sapatos e aperte bem as fivelas deles; nós vamos ao baile no castelo do rei."

A Gata Borralheira obedeceu, mas chorou, pois queria muito ir ao evento também. Então foi pedir permissão à madrasta.

"Gata Borralheira", disse a mulher, "você vive suja e empoeirada e quer ir ao baile? Não tem vestidos nem sapatos e ainda quer dançar!"

A jovem, porém, insistiu, então a madrasta lhe respondeu:

"Despejei uma panela inteira de lentilhas nas cinzas; se você conseguir catá-las de novo em duas horas, poderá ir ao baile."

A menina então saiu pela porta dos fundos, foi até o jardim e exclamou:

"Pombinhas, doces pombinhas! Minhas queridas rolinhas! Todos os passarinhos no céu! Ajudem-me a catar as lentilhas:

As boas na panelinha,

As ruins na lixeirinha."

E então duas pombinhas foram voando até a janela da cozinha, depois as rolinhas, e finalmente todos os passarinhos desceram do céu, em um agitado bater de asas, e foram pousar perto das cinzas. As pombinhas balançavam a cabeça e faziam pic, pic, pic, catando os grãozinhos, e logo os outros começaram também a fazer pic, pic, pic, e foram colocando as lentilhas boas de volta na panela. Em pouco mais de uma hora, terminaram a tarefa e voaram para longe novamente. Então a moça, feliz por pensar que agora poderia ir à festa, levou a panela até a madrasta, que no entanto disse:

"Não, Gata Borralheira. Você não tem um vestido e não sabe dançar. Todos vão rir de você." Ao ver a jovem começar a chorar outra vez, a mulher acrescentou: "Se você catar das cinzas duas panelas de lentilha em uma hora, poderá ir ao baile". Mas pensou consigo: *Ela jamais vai conseguir*.

Depois que a madrasta despejou nas cinzas as duas panelas de lentilha, a garota saiu pela porta dos fundos, foi até o jardim e exclamou:

"Pombinhas, doces pombinhas! Minhas queridas rolinhas! Todos os passarinhos no céu! Ajudem-me a catar as lentilhas:

As boas na panelinha,

As ruins na lixeirinha."

E então duas pombinhas foram voando até a janela da cozinha, depois as rolinhas, e finalmente todos os passarinhos desceram do céu, em um agitado bater de asas, e foram pousar perto das cinzas. As pombinhas balançavam a cabeça e faziam pic, pic, pic, catando os grãozinhos, e logo os outros começaram também a fazer pic, pic, pic, e foram colocando as lentilhas boas de volta nas panelas. Em menos de uma hora, terminaram a tarefa e voaram para longe novamente. E então a moça, feliz por pensar que agora poderia ir à festa, levou as duas panelas até a madrasta, que no entanto disse:

"Não adianta, você não irá ao baile, pois não tem um vestido e não sabe dançar. Você só nos causaria vergonha."

E então a mulher deu as costas à jovem e se apressou para sair com as duas filhas arrogantes.

Depois que todos saíram de casa, a Gata Borralheira foi até a aveleira ao pé do túmulo da mãe e exclamou:

"Querida arvorezinha,
quando você estremecer e sacolejar,
sobre mim ouro e prata vai jogar."

E então o passarinho na árvore jogou para ela um vestido dourado e prateado e um par de pantufas bordadas com seda e prata. A jovem se vestiu apressadamente e foi ao baile. A madrasta e as irmãs não a reconheceram, acharam que talvez fosse a filha de um rei estrangeiro, pois estava linda naquele vestido. Em nenhum momento pensaram que aquela pudesse ser a Gata Borralheira, pois tinham certeza de que ela estava em casa, no meio da sujeira, catando lentilhas das cinzas do fogão. O filho do rei aproximou-se dela, a pegou pela mão e iniciou uma dança com ela. O rapaz, sem vontade de dançar com outra, não largava a mão da moça, e quando outra jovem se aproximava, ele respondia:

"Já tenho um par."

A Gata Borralheira dançou até o anoitecer, e então quis voltar para casa. No entanto, o príncipe falou: "Eu lhe acompanho", pois queria ver a qual família a jovem pertencia. Mas ela escapou dele e saiu correndo para dentro de um pombal. O príncipe esperou por seu pai, o rei, e então contou a ele o que a moça havia feito. O velho pensou: *Será que era a tal Gata Borralheira?* E ordenou que trouxessem um machado para que pudesse destruir o pombal; no entanto, depois de quebrá-lo todo, viu que não havia ninguém lá dentro. E quando a madrasta e suas filhas chegaram em casa, a Gata Borralheira estava deitada nas cinzas com suas roupas sujas e uma lâmpada a óleo fosca queimava na chaminé. A jovem havia, muito rapidamente, saltado do pombal nos fundos da casa e corrido até a aveleira, e lá se despira das belas vestes, as deixara sobre o túmulo da mãe e o passarinho as levara embora, então ela vestira novamente seu aventalzinho e voltara para a cozinha.

No outro dia, quando a festa recomeçou e o pai, a madrasta e as duas filhas saíram novamente, a Gata Borralheira foi até a aveleira e disse:

"Querida arvorezinha,

quando você estremecer e sacolejar,

sobre mim ouro e prata vai jogar."

E então o passarinho jogou um vestido ainda mais belo que o do dia anterior, e quando a garota chegou ao baile, impressionou a todos com sua incrível beleza. O filho do rei a estava esperando, e logo que ela apareceu, ele a pegou pela mão e dançou apenas com ela durante todo o baile. Quando outras se aproximavam e pediam a ele que lhes concedesse uma dança, ele respondia:

"Já tenho um par."

Quando anoiteceu, a jovem quis ir embora, e o príncipe a seguiu porque queria descobrir onde ela morava; porém, ela correu para longe e alcançou o jardim atrás da casa. Ali havia uma grande e bela árvore que dava as mais esplêndidas peras, e a moça, ágil como um esquilo, subiu nela, embrenhando-se entre os ramos, de modo que o príncipe não pôde encontrá-la. Ele então esperou seu pai chegar e disse a ele:

"Aquela moça desconhecida fugiu de mim, e acho que subiu nessa pereira."

O rei pensou: *Será que é a Gata Borralheira?* Então pegou o machado e derrubou a árvore, mas não havia ninguém nela. E quando a madrasta e suas filhas chegaram em casa, a Gata Borralheira estava, como sempre, deitada nas cinzas; ela havia pulado do outro lado da árvore, entregara o vestido para o passarinho na aveleira e colocado novamente seu aventalzinho cinza.

No terceiro dia, quando o pai, a madrasta e as filhas saíram para o baile, a Gata Borralheira foi de novo até o túmulo de sua mãe e disse à aveleira:

"Querida arvorezinha,
quando você estremecer e sacolejar,
sobre mim ouro e prata vai jogar."

E então o passarinho jogou para ela um vestido tão magnífico e brilhante quanto nenhum outro no mundo, e também pantufas inteiramente douradas. Quando a garota chegou ao baile trajando aquelas vestes, todos ficaram tão maravilhados que emudeceram. O filho do rei dançou apenas com ela durante todo o evento, e quando outra pedia a ele uma dança, o rapaz respondia:

"Já tenho um par".

Quando anoiteceu, a gata borralheira quis ir embora e o príncipe quis acompanhá-la, mas ela fugiu dele tão depressa que ele não conseguiu segui-la. Mas dessa vez o rapaz fora astuto e ordenara que a escadaria do baile fosse revestida de breu; e então, quando a jovem correu para longe, a pantufa do pé esquerdo ficou colada em um dos degraus. O príncipe a pegou e examinou, vendo como era pequena, graciosa e toda dourada. Na manhã seguinte, ele foi com a pantufa até o pai da moça e disse:

"Minha esposa não será outra senão aquela em quem esta pantufa dourada servir."

As irmãs arrogantes se animaram, pois tinham pés bonitos. A mais velha pegou o pé de pantufa e se dirigiu com a mãe para o quarto para tentar calçá-lo. Contudo, os dedos de seu pé eram muito grandes e não entravam, a pantufa era pequena demais para ela, e então a mãe pegou uma faca e lhe disse:

"Corte os dedos do pé; quando você for rainha, não vai precisar andar."

A moça cortou todos os dedos, forçou o pé para dentro do calçado, conteve a dor excruciante e foi até o príncipe. Ele então a tomou como noiva e os dois partiram em seu cavalo. No entanto, no caminho tinham que passar pelo túmulo da mãe da Gata Borralheira, e lá estavam duas pombinhas no galho da aveleira. Elas exclamaram:

"Olhe para trás, olhe para o lado,
De sangue o sapato está banhado.
Esse calçado não serve nela,
Essa não é a sua donzela"

O príncipe olhou para o pé da moça e viu o sangue que jorrava dele, então fez o cavalo dar meia-volta e levou a falsa noiva de volta para casa. Lá ele explicou o ocorrido e disse que a outra irmã deveria experimentar a pantufa. A mais nova foi até o quarto com o calçado e ficou feliz ao ver que os dedos de seu pé cabiam nele; seu calcanhar, porém, era grande demais. A mãe pegou a faca e lhe disse:

"Corte uma parte do seu calcanhar; quando você for rainha, não vai precisar andar."

A jovem cortou um pedaço do calcanhar, forçou o pé para dentro do calçado, conteve a dor excruciante e foi até o filho do rei. Ele a tomou como noiva e os dois partiram em seu cavalo. Ao passarem pela aveleira, as duas pombinhas exclamaram:

"Olhe para trás, olhe para o lado,
De sangue o sapato está banhado.
Esse calçado não serve nela,
Essa não é a sua donzela"

O príncipe olhou para o pé da moça e viu o sangue que jorrava dele e manchava de vermelho a meia branca. Ele fez o cavalo dar meia-volta e levou a falsa noiva de volta para casa. Lá, disse:

"Esta também não é a minha noiva; vocês não têm nenhuma outra filha?"

Ao que o pai respondeu:

"Não, além delas só há Cinderela, filha da minha falecida esposa. É impossível que ela seja a sua noiva."

O filho do rei mandou que a trouxessem até ele, mas a madrasta falou:

"Ah, não, ela é imunda e deve ficar longe das vistas de todos."

O rapaz, porém, insistiu e mandou chamarem a Gata Borralheira. A moça lavou as mãos e o rosto, foi até o príncipe e fez uma reverência, e o rapaz estendeu a ela o calçado dourado. Ela então se sentou em um banquinho, tirou o pesado tamanco e enfiou o pé na pantufa, que lhe serviu perfeitamente. E quando a jovem olhou para cima e o príncipe viu seu rosto de perto, reconheceu a linda moça com quem havia dançado e exclamou:

"Esta é a minha noiva!"

A madrasta e as filhas, horrorizadas, ficaram vermelhas de raiva, mas o príncipe levou a Gata Borralheira até seu cavalo e partiu com ela. Quando passaram pela aveleira, as duas pombinhas brancas exclamaram:

"Olhe para trás, olhe para o lado,
Desta vez não há sangue no calçado.
A pantufa serve perfeitamente nela,
Encontraste sua verdadeira donzela."

Em seguida, as duas pombinhas voaram até a Gata Borralheira e pousaram nos ombros dela, uma no direito e outra no esquerdo, e lá ficaram.

No dia do casamento, as irmãs compareceram à cerimônia, pois, interesseiras que eram, queriam compartilhar da felicidade da Gata Borralheira. Quando os noivos adentraram a igreja, a irmã mais velha estava do lado direito e a mais nova do esquerdo; e então as pombinhas bicaram e arrancaram um olho de cada uma. Mais tarde, quando os noivos deixavam a igreja, a irmã mais velha foi para o lado esquerdo e a mais nova para o direito; as pombinhas então bicaram e arrancaram o olho que restava de cada uma. E assim as duas irmãs, por sua maldade e falsidade, foram punidas com a cegueira pelo resto de suas vidas.

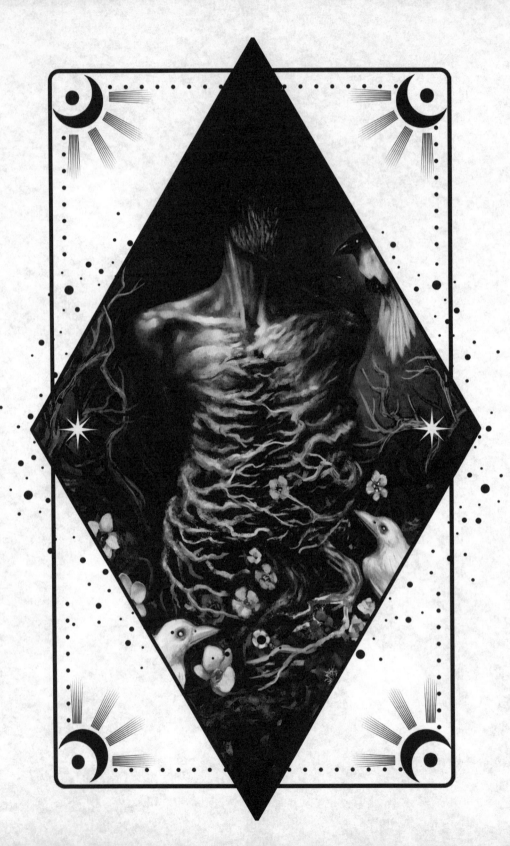

BELA
CHARLES PERRAULT

A BELA ADORMECIDA NO BOSQUE

••• 1697 •••

Era uma vez um rei e uma rainha inconsoláveis por não terem filhos, tristes de dar dó. Tinham corrido o mundo em busca de águas medicinais, se valido de promessas e peregrinações, suplicado devoções em igrejas, mas nada dera resultado. Por fim, a rainha ficou grávida e deu à luz uma menina.

Realizaram um batizado suntuoso, escolhendo para madrinhas da princesinha todas as fadas que encontraram no reino (eram sete), para que cada uma lhe ofertasse um dom, como era o costume das fadas naquela época. Desse modo, a princesa seria agraciada com todas as perfeições imagináveis.

Após a cerimônia do batismo, todos os convidados voltaram ao palácio do rei, onde fora servido um farto banquete para as fadas. Diante de cada uma, a mesa foi posta de forma magnífica: um estojo de ouro maciço guarnecido de colher, garfo e faca, todos de ouro, ornamentados com diamantes e rubis. Conforme todos se acomodavam à mesa, adentrou no salão uma velha fada. Ela não havia sido convidada, pois como não deixava sua torre havia mais de cinquenta anos, julgaram-na morta ou enfeitiçada.

O rei se apressou a lhe dar os talheres, mas não havia mais nenhum estojo de ouro maciço, pois eram apenas sete para as sete fadas. Julgando-se desprezada, a velha praguejou, entre dentes. Uma das fadas jovens, que estava sentada perto dela, escutou seus resmungos e, temendo que a velha amaldiçoasse a princesinha, escondeu-se atrás da tapeçaria assim que todos os convivas se levantaram da mesa. Queria ser a última a falar, para poder reparar qualquer maldição da velha.

Finalmente, as fadas começaram a distribuir seus dons para a princesa. A fada mais jovem lhe presenteou com o dom de ser a pessoa mais bela do mundo; a fada seguinte, com um espírito angelical; a terceira, com a capacidade de agir sempre com admirável graciosidade; a quarta, com talento para dança; a quinta, com uma voz de rouxinol; e a sexta, com o dom de tocar todos os instrumentos com perfeição.

Ao chegar a vez da velha fada, ela sacudiu a cabeça mais com despeito do que por senilidade e anunciou que a princesa haveria de ferir a mão no fuso de uma roca e cair morta. O terrível dom fez estremecer todos os convidados e não houve quem não vertesse lágrimas.

Mas, nesse momento, a jovem fada saiu detrás da tapeçaria e bradou:

"Fiquem tranquilos, rei e rainha, sua filha não morrerá. É bem verdade que não tenho poder para desfazer de todo a maldição da fada mais velha que me precede. A princesa irá, sim, ferir a mão em um fuso. Mas, em vez de morrer, apenas cairá em um sono profundo, que durará cem anos, até que um príncipe a desperte."

O rei, a fim de evitar a maldição vaticinada pela velha, mandou publicar de imediato um edito que proibia todos no reino de usar rocas de fiar ou tê-las em casa, sob pena de morte.

Passados uns quinze ou dezesseis anos, o rei e a rainha desfrutavam uma de suas residências de veraneio. Um belo dia, ao correr pelo castelo, a jovem princesa se deparou com uma mansarda no topo de uma pequena torre, onde uma velha trabalhava em sua roca de fiar. A velha desconhecia as proibições do rei acerca do uso de rocas e fusos.

"Que faz, minha boa senhora?", indagou a princesa.

"Estou fiando, bela menina", respondeu a velha, que não a conhecia.

"Ah, que bonito", comentou a princesa. "Como a senhora faz? Deixe-me ver se consigo fazer também."

Bastou encostar no fuso, que tocou com afã, para que o encantamento das fadas a levasse a ferir a mão e desfalecer.

Perplexa, a velha gritou por socorro. Acudiram de todos os cantos, aspergiram água no rosto da princesa, deitaram-na na cama, esfregaram suas mãos e friccionaram suas têmporas com água do reino da Hungria. Mas nada a fez despertar.

Ao ouvir o tumulto, o rei se lembrou da profecia das fadas e, julgando ter acontecido o que elas haviam dito, ordenou que a princesa fosse instalada no aposento mais belo do palácio, em um leito bordado com fios de ouro e prata. Ela parecia um anjo de tão bela, pois o desmaio não removera as cores vívidas de sua pele: suas faces estavam rosadas, seus lábios eram como corais. Ela mantinha os olhos fechados, mas continuava respirando suavemente, demonstrando com isso que não havia morrido.

O rei ordenou que a deixassem dormir em paz, até que chegasse o momento de seu despertar. A boa fada que lhe salvara a vida, condenando-a a dormir por cem anos, encontrava-se no reino de Mataquin, a doze mil léguas de distância do acidente que acometera a princesa, mas logo foi avisada por um pequeno anão que possuía botas de sete léguas (trata-se de botas com as quais é possível avançar sete léguas em uma pernada só). A fada partiu depressa e, uma hora depois, foi vista chegando em uma carruagem de fogo, conduzida por dragões.

O rei lhe ofereceu a mão e ela desceu da carruagem. A fada aprovou todas as medidas tomadas pelo rei, mas, por ser muitíssimo previdente, imaginou que a princesa, quando enfim despertasse, ficaria muito atordoada ao se perceber sozinha naquele velho castelo. Eis então o que decidiu fazer.

Tocou com sua varinha mágica todos que estavam no castelo: governantas, damas de honra, damas de companhia, cavalheiros, oficiais, mordomos, cozinheiros, ajudantes de cozinha, meninos de recados, guardas, pajens e lacaios. Tocou também todos os cavalos da estrebaria, os cavalariços, os robustos mastins no pátio e a pequena Pouffe, a cachorrinha da princesa, deitada ao lado da jovem na cama. Tocou todos eles, exceto o rei e a rainha. Todos adormeceram de imediato com o toque da fada, e assim ficariam até o despertar da princesa, quando também acordariam prontamente para servi-la. Até os espetos que estavam ao fogo, repletos de perdizes e faisões, adormeceram junto com as chamas. Tudo foi executado com ligeireza, pois as fadas não tardam em suas tarefas.

Após beijarem sua querida filha, sem que ela despertasse, o rei e a rainha deixaram o castelo e ordenaram que ninguém se aproximasse dali. As proibições se mostraram desnecessárias, pois em apenas um quarto de hora, toda a região ao redor do castelo foi cercada por uma abundância de árvores de todos os tamanhos, com sarças e espinhos entrelaçados que impediam a passagem de quaisquer pessoas e animais. A paisagem toda se encobriu e somente os topos das torres do castelo despontavam ao longe no horizonte. Decerto todas essas providências foram obra da fada, para que a princesa não precisasse se preocupar com olhares curiosos durante seu sono.

Passados cem anos, o filho do rei que reinava na época, que era de uma família diferente à da princesa adormecida, foi caçar naquela região. Ele desejou saber que torres eram aquelas que despontavam em meio a um bosque tão cerrado, ao que seus companheiros lhe contaram as histórias que haviam chegado aos seus ouvidos. Uns diziam se tratar de um velho castelo assombrado; outros, que era o local onde todas as feiticeiras da região se reuniam para os seus sabás. A maioria acreditava que o lugar era habitado por um ogro, que levava para o castelo todas as crianças que capturava, a fim de degustá-las à vontade, posto que somente ele conseguia atravessar tal bosque.

O príncipe não sabia em qual história acreditar. Então um velho camponês argumentou:

"Meu príncipe, há mais de cinquenta anos ouvi dizerem ao meu pai que havia nesse castelo uma princesa, a mais bela do mundo, que deveria permanecer adormecida por cem anos até ser despertada pelo filho de um rei, a quem estava prometida."

Ao ouvir isso, o jovem príncipe se encheu de coragem. Crendo-se de imediato capaz de executar tal feito aventureiro, e movido por amor e glória, resolveu explorar a região.

Assim que se pôs em direção ao bosque, as árvores, sarças e espinhos se afastaram, abrindo caminho. O príncipe avançou em direção ao castelo, localizado no topo de uma longa alameda. Durante o trajeto, ficou surpreso ao notar que nenhum dos seus companheiros pudera segui-lo, pois as árvores se fechavam novamente após sua passagem.

Ele continuou firme em seu caminho: um príncipe jovem e galante é sempre corajoso.

Quando chegou ao castelo, adentrou o pátio e se deparou com uma visão pavorosa. Pairava no local um silêncio medonho, e a sombra da morte permeava tudo em volta. Corpos de homens e animais jaziam estirados no chão, como se estivessem sem vida. No entanto, observando os narizes encaroçados e as faces coradas dos guardas, concluiu que estavam apenas dormindo — e, a julgar pelas taças onde ainda restavam algumas gotas de vinho, tinham adormecido enquanto bebiam.

Atravessou um pátio coberto de mármore, subiu a escadaria e entrou na sala dos guardas. Encontrou-os perfilados, com as espingardas nos ombros, roncando alto. Percorreu diversos cômodos repletos de damas e cavalheiros, todos adormecidos, uns de pé, outros sentados. Por fim, entrou em um aposento todo dourado e avistou sobre a cama o espetáculo mais belo que já tinha visto: uma princesa que aparentava ter 15 ou 16 anos, cujo fulgor resplandecente guardava algo de divino e luminoso.

Trêmulo, ele se aproximou para admirá-la e se ajoelhou ao lado dela. Finda a maldição, a princesa despertou e o fitou pela primeira vez, com os olhos plenos de ternura.

"É você, meu príncipe?", indagou ela. "Há muito o espero."

Encantado com essas palavras, sobretudo pelo modo como haviam sido ditas, o príncipe mal soube expressar sua alegria e gratidão. Jurou que a amava mais do que a si mesmo. As palavras certas lhe escapavam, mas onde faltara eloquência, sobrara amor.

O príncipe estava mais aturdido do que a princesa, o que não era de todo surpreendente, visto que ela tivera muito tempo para planejar em sonhos o que lhe diria. Ao que parece (a história não diz nada a respeito), a boa fada concedera à princesa o deleite de sonhos agradáveis durante seu longo sono. Finalmente, após quatro horas de conversa, mal tinham dito a metade do que desejavam dizer um ao outro.

Nesse ínterim, todo o palácio despertara com a princesa. As pessoas se ocuparam novamente de suas tarefas e, como não haviam sido arrebatadas pela paixão, estavam mortas de fome. Apressada como os demais, a impaciente dama de honra anunciava a altos brados para a princesa que a refeição estava servida.

O príncipe ajudou a princesa a se levantar. Ela já estava arrumada e usava trajes esplendorosos. Ainda que se abstendo de fazer comentários, o príncipe notou que a princesa se vestia como no tempo de sua avó, embora o estilo antiquado não diminuísse em nada sua beleza.

Passaram para um salão de espelhos, onde o jantar foi servido pelos criados da princesa. Músicos os regalaram com violinos e oboés e, embora fossem melodias antigas, tocavam-nas muitíssimo bem, ainda que tivessem passado cem anos sem nenhuma prática. Após o jantar, sem mais delongas, o capelão os casou na capela do castelo, e a dama de honra da princesa os conduziu aos seus aposentos.

Dormiram pouco; a princesa não carecia de mais sono e o príncipe a deixou pela manhã bem cedo, para regressar à cidade e tranquilizar o pai, que devia estar preocupado com a ausência dele. Ao chegar, o príncipe contou ao rei que se perdera na floresta em meio a uma caçada e fora obrigado a pernoitar na cabana de um carvoeiro, que lhe serviu pão preto e queijo.

O rei, que era um homem bonachão, acreditou de boa vontade no filho, mas a rainha não ficou muito convencida. Notando que ele saía para caçar todos os dias e que tinha sempre na manga uma desculpa pronta para as ocasiões em que dormia duas ou três noites fora, não tinha dúvidas de que o filho arrumara um romance.

Durante dois anos inteiros, o príncipe viveu com a princesa. Tiveram dois filhos: primeiro uma menina, a quem chamaram Aurora, e depois um menino, a quem chamaram Dia, pois era ainda mais belo que a irmã.

A rainha vivia dizendo ao filho que ele precisava sossegar na vida, mas o príncipe não ousava confidenciar seu segredo. Ele a temia tanto quanto a amava, pois a rainha descendia de uma raça de ogros, e o rei apenas a desposara graças à sua fortuna. Na corte, diziam à boca pequena que a rainha compartilhava das inclinações dos ogros e que, sempre que via criancinhas, precisava se controlar duramente para não abocanhá-las. Desse modo, o príncipe se calava e não comentava nada.

Quando o rei morreu, dois anos depois, o príncipe assumiu o trono, declarando publicamente seu casamento e mandando buscar com toda a pompa sua mulher, agora rainha. Ela fez uma entrada triunfal no reino, acompanhada pelos dois filhos.

Algum tempo depois, o rei entrou em guerra com o vizinho, o imperador Cantalabutte. Partiu deixando a rainha-mãe encarregada da regência do reino e entregou esposa e filhos aos cuidados dela.

Estimava-se que o rei fosse ficar ausente durante todo o verão. Assim que ele partiu para a guerra, a rainha-mãe enviou sua nora e seus netos para um castelo afastado no campo, para satisfazer com mais tranquilidade seu pérfido desejo. Passados alguns dias, foi visitá-los e, uma bela noite, disse ao mordomo:

"Amanhã no jantar quero comer a pequena Aurora."

"Ah, minha senhora!", exclamou o mordomo.

"É esse meu desejo", prosseguiu a rainha, com um tom monstruoso na voz, salivando por carne fresca. "E a quero servida com um molho bem encorpado."

Vendo que não era prudente contrariar uma ogra, o pobre homem apanhou uma faca afiada e subiu até o quarto da pequena Aurora. À época, a menina devia ter uns 4 anos, e, ao vê-lo, apressou-se saltitante e sorridente, enlaçando o pescoço do mordomo e pedindo colo e docinhos. O homem pôs-se a chorar, soltando a faca no chão. Em seguida, foi até o quintal, matou um cordeiro e preparou um molho tão caprichado que a rainha garantiu jamais ter feito uma refeição tão apetitosa.

Enquanto isso, a pequena Aurora estava com a mulher do mordomo, a quem ele confiara a criança, para que a escondesse em seus alojamentos, nos fundos do quintal.

Oito dias depois, a rainha malvada anunciou ao mordomo:

"Amanhã na ceia quero comer o pequeno Dia."

O homem não disse nada, decidido a enganá-la mais uma vez. Partiu atrás do menino, que não tinha mais do que 3 anos, e o encontrou com um florete na mão, guerreando com um macaco.

Ele o levou até sua mulher, que escondeu o menino junto da pequena Aurora. No lugar da criança, o mordomo serviu um cabrito bem macio, que a rainha ogra declarou magistralmente delicioso.

Tudo parecia sob controle, até o dia em que a rainha malvada disse ao mordomo:

"Agora eu quero comer a rainha, servida com o mesmo molho que comi as crianças."

Foi então que o pobre homem entrou em desespero, sem saber como faria para enganá-la. A jovem rainha tinha 20 anos, sem contar com os cem anos em que ficara adormecida. Ainda que bela e viçosa, sua pele era um pouco dura, e o mordomo não sabia que animal poderia usar para substituí-la. Decidido a salvar a própria vida, resolveu cortar a garganta da jovem rainha. Subiu até os aposentos dela com a intenção de matá-la. Tomado de ímpeto, adentrou o cômodo com a faca em punho. No entanto, não queria surpreendê-la e, com extremo respeito, relatou a ordem que recebera da rainha-mãe.

"Cumpra o seu dever", respondeu a jovem rainha, oferecendo-lhe o pescoço. "Execute a ordem que lhe foi dada, só assim poderei rever meus filhinhos, meus pobres filhinhos que tanto amei!" Como as crianças haviam sido levadas sem que ela soubesse, achava mesmo que haviam morrido.

"Não, minha senhora, isso não", disse o pobre mordomo, comovido. "A senhora não vai morrer, mas logo verá seus queridos filhos. Mas, para isso, vá até minha casa, onde eu os escondi. Vou enganar a rainha mais uma vez, fazendo com que coma outro animal em seu lugar."

O mordomo então levou a jovem rainha até os seus alojamentos, onde ela cobriu os filhos de beijos e lágrimas. Depois preparou outro animal, que a rainha degustou durante a ceia com o mesmo apetite que reservara para a jovem nora.

Satisfeita com sua crueldade, a rainha se preparara para dizer ao rei, quando ele regressasse, que lobos ferozes haviam devorado a rainha e seus dois filhos.

Certa tarde, enquanto fazia sua habitual ronda pelo quintal, farejando carne fresca, a rainha ouviu o choro do pequeno Dia. O menino tinha se comportado mal e a mãe ameaçava castigá-lo, apesar dos protestos da pequena Aurora, que rogava que o irmão fosse perdoado. A rainha ogra reconheceu a voz da nora e das crianças e, furiosa por ter sido enganada, deu uma ordem terrível. Com um tom assustador, que fez tremer a todos, exigiu que colocassem um grande tanque no meio do pátio e que o enchessem de sapos, víboras, cobras e serpentes. Nele, seriam arremessados a rainha e seus filhos, junto com o mordomo, sua mulher e a criada, todos com as mãos amarradas nas costas.

Estavam todos no pátio. Os algozes se preparavam para atirar as vítimas no tanque, quando o rei adentrou, montado em seu cavalo. Seu retorno não era esperado tão cedo. Perplexo, ele exigiu saber o que significava aquele espetáculo medonho, mas ninguém teve coragem de explicar. Foi então que a rainha ogra, destemperada diante da cena, atirou-se de cabeça no tanque e foi devorada pelos animais peçonhentos.

O rei ficou triste, afinal, era sua mãe. Mas logo encontrou consolo na bela esposa e nos adorados filhos.

MORAL DA HISTÓRIA

Esperar para encontrar um esposo
Rico, belo, galante e garboso
É sina assaz corriqueira.

Mas aguardar cem anos desfalecida
E ainda assim permanecer faceira
Só mesmo a nossa Bela Adormecida.

A fábula parece assim demonstrar
Que o dom com que Himeneu agracia
Não é menos alegre por ser tardia
E que nunca se perde por esperar.

Mas as donzelas com tanto ardor
Buscam a felicidade conjugal
Que não tenho força nem fervor
Para lhes impor esta moral.

Sereia
Hans Christian Andersen
A PEQUENA SEREIA
••• 1837 •••

Lá nas profundezas do mar, as águas são tão azuis quanto as pétalas da mais bela centáurea e tão transparentes quanto o mais puro vidro. De tão profundas, nenhuma âncora é capaz de alcançar o banco de areia, nem milhares de pináculos de igreja sobrepostos conseguem ir do fundo à superfície. É lá que vive o povo do mar.

Ora, não se deve de forma alguma acreditar que nas profundezas do mar exista apenas o fundo de areia branca; não, ali crescem as mais estupendas árvores e plantas, de caules e folhas tão flexíveis que, ao menor movimento da água, elas se movem como se estivessem vivas. Todos os peixes, dos maiores aos mais pequeninos, deslizam entre os galhos tal como, aqui em cima, os pássaros deslizam no ar. No lugar mais profundo, fica o castelo do rei do mar. As paredes são feitas de coral, e as janelas, longas e pontiagudas, do mais claro âmbar. O telhado é composto por conchas que abrem e fecham conforme a água passa. É uma visão encantadora. Em cada concha há pérolas magníficas; uma delas já seria um grande adorno na coroa de uma rainha.

O rei do mar era viúvo havia muitos anos, e sua velha mãe cuidava da casa. Ela era uma senhora sábia, orgulhosa de sua nobreza, por isso andava com doze ostras na cauda, ao passo que os outros nobres podiam usar apenas seis. Fora isso, merecia muitos elogios, principalmente por amar tanto as pequenas princesas do mar, suas netas. Eram seis crianças adoráveis, mas a caçula era a mais bela de todas. Sua pele era clara e brilhante como uma pétala de rosa; seus olhos, tão azuis quanto o mar mais profundo; mas, assim como as outras, ela não tinha pés, e seu corpo terminava em um rabo de peixe.

Elas brincavam durante todo o longo dia no castelo, nos vastos salões onde flores vivas brotavam das paredes. Quando os janelões de âmbar eram abertos, os peixes nadavam ali para dentro, como as andorinhas fazem quando afastamos as cortinas de nossas casas. Então eles iam até as princesas, comiam de suas mãos e se deixavam acariciar.

Do lado de fora do castelo, havia um grande jardim com árvores rubras e azul-escuras. As frutas brilhavam como ouro e as flores como chamas flamejantes, movimentando constantemente seus caules e pétalas. O solo era feito da areia mais fina, mas azul como enxofre. Tudo lá embaixo era encoberto por uma luz azul extraordinária. Era como estar no ar, vendo apenas o céu acima e abaixo de si. Quando as águas estavam calmas, enxergava-se o sol, uma flor púrpura de cujo cálice emanava toda a luz.

Cada jovem princesa tinha seu espacinho no jardim onde podia cavar e plantar o que desejasse; uma deu às suas flores o formato de uma baleia, outra preferiu que as dela lembrassem uma pequena sereia, mas a caçula fez sua plantação redonda como o sol e só plantou flores com o mesmo brilho vermelho dele. Era uma criança estranha, quieta e pensativa. Enquanto as outras irmãs haviam feito decorações com as coisas mais extraordinárias que encontraram em navios naufragados, ela só escolhera, além das flores vermelhas que lembravam o sol, um belo pilar de mármore, um menino adorável esculpido na pedra branca e clara e que, em um naufrágio, acabara no fundo do mar. Junto a esse pilar, ela só plantou um salgueiro-chorão vermelho, que cresceu magnificamente, os galhos frescos pendendo sobre o pilar em direção ao chão de areia azul, onde a sombra violeta se movimentava como os galhos, dando a impressão de que ramos e raízes brincavam de se beijar.

Não havia alegria maior para ela do que ouvir sobre o mundo dos homens lá em cima. A velha avó tinha que contar tudo que sabia sobre navios e cidades, seres humanos e animais. Ela achava maravilhoso que, na terra, as flores tivessem perfume, coisa que não tinham no fundo do mar, que as florestas fossem verdes e os peixes vistos nos galhos cantassem tão alto e bonito como se fosse por prazer. O que a avó chamava de peixes eram os passarinhos, pois, do contrário, elas não a compreenderiam, já que nunca tinham visto um pássaro.

"Quando vocês completarem 15 anos", disse a avó, "terão permissão para emergir, sentar-se nas rochas sob a luz do luar e ver os grandes navios que passam. Verão florestas e cidades!" No ano seguinte, uma das irmãs completaria 15 anos. As demais tinham um ano de diferença entre si, de forma que a caçula ainda tinha seis anos inteiros pela frente antes de se atrever a emergir e ver como as coisas são aqui na terra. Mas uma prometeu à outra contar o que vira e achara mais belo no primeiro dia, pois a avó não lhes contara o suficiente e havia muita coisa de que precisavam saber.

Nenhuma ansiava por viver essa experiência tanto quanto a mais nova, justamente a que deveria esperar mais e que era tão quieta e pensativa. Ela passava noites e noites junto à janela aberta, olhando para cima através da água azul-escura, onde os peixes batiam os rabos e as nadadeiras. Enxergava a lua e as estrelas, bastante pálidas, é verdade, mas através da água pareciam maiores do que como as vemos; quando uma nuvem escura deslizava sob elas, sabia que uma baleia nadava lá em cima ou um navio lotado de gente cruzava a superfície, com tripulantes que provavelmente nem imaginavam que havia uma pequena e adorável sereia lá embaixo, estendendo as mãos muito alvas em direção à quilha.

A princesa mais velha completou então 15 anos e ousou emergir do mar.

Na volta, contou uma centena de coisas, mas o mais maravilhoso tinha sido se deitar ao luar em um banco de areia no mar calmo e ver, perto da costa, a grande cidade, onde as luzes piscavam como milhares de estrelas, ouvir a música e o barulho de pessoas e carruagens, ver as muitas torres de igreja e seus coruchéus, com seus sinos tocando. Justamente por não poder ir até lá, era tudo por que mais ansiava.

Ah, com que atenção a caçula a ouviu! À noite, enquanto olhava através da água azul-escura junto à janela aberta, imaginou a grande cidade e todo o seu barulho, acreditando ouvir o som dos sinos das igrejas chegando até ela, lá embaixo.

No ano seguinte, a outra irmã teve permissão para subir e nadar para onde quisesse. Ela emergiu no exato momento em que o sol se punha, e aquela visão foi o que mais a encantou. Todo o céu parecia feito de ouro, e as nuvens... Era incapaz de descrever sua beleza! Elas flutuavam, vermelhas e violeta, mas, muito mais rápido, um bando de cisnes selvagens voou sobre a água em direção ao sol, feito um longo véu branco. Ela nadou até o sol, mas ele afundou, e o brilho rosado se apagou na superfície do mar, em meio às nuvens.

No ano seguinte, a terceira irmã subiu. Era a mais corajosa de todas, por isso nadou por um rio largo que desaguava no mar. Viu adoráveis montes verdejantes cobertos de videiras, vislumbrou castelos e fazendas entre florestas magníficas, ouviu todos os pássaros cantarem. O sol brilhava tão forte que ela precisou mergulhar repetidas vezes para refrescar o rosto em chamas. Em uma enseada, encontrou um grupo de crianças humanas; nuas, elas corriam e pulavam na água. Quis brincar com elas, mas elas correram, assustadas, e então surgiu um animalzinho preto, um cachorro, mas ela nunca tinha visto um cachorro antes; ele latiu tão ferozmente que ela ficou com medo e mergulhou depressa, mas nunca se esqueceria das florestas magníficas, dos montes verdejantes e das crianças adoráveis que conseguiam nadar na água mesmo não tendo caudas de peixe.

A quarta irmã não era tão corajosa. Permaneceu no mar agitado e contou que aquilo foi o que vira de mais lindo. Era possível enxergar muitos quilômetros de distância ao redor, e o céu acima parecia uma grande campânula. Vira navios, mas, de longe, pareciam gaivotas, os divertidos golfinhos deram cambalhotas, e as grandes baleias espirravam água pelas narinas, o que parecia uma centena de chafarizes espalhados.

Chegou a vez da quinta irmã. Seu aniversário era no inverno e, consequentemente, ela viu coisas que as outras não viram na primeira vez. O mar estava todo verde e, em volta, grandes icebergs flutuavam feito pérolas. Ainda assim, eram muito maiores do que as torres das igrejas construídas pelos homens. Tinham as formas mais extraordinárias e brilhavam como diamantes. Ela se sentara em um dos maiores, e os marinheiros passavam, assustados, ao redor de onde ela estava, com os longos cabelos voando ao vento. Mas, ao anoitecer, o céu se cobriu de nuvens, houve relâmpagos e trovões, enquanto o mar sombrio erguia os grandes blocos de gelo, fazendo com que luzissem com os raios vermelhos. As velas foram recolhidas nos navios, havia medo e horror, mas ela permaneceu sentada calmamente em seu iceberg flutuante, observando um raio azul cair em ziguezague sobre o mar resplandescente.

Quando subiram para a superfície pela primeira vez, as irmãs ficaram encantadas com tudo de novo e bonito que viram, mas, quando cresceram e puderam subir até lá quando quisessem, não havia mais graça. O desejo delas era ir embora, e, depois de um mês, diziam que lá embaixo, onde moravam, era o mais lindo e agradável dos lugares.

Durante muitas noites, as cinco irmãs davam os braços umas às outras e, juntas, emergiam da água. Tinham vozes encantadoras, mais belas que a de qualquer ser humano, e, quando se formava uma tempestade em que acreditavam que navios poderiam naufragar, elas nadavam à frente deles, cantando lindamente sobre como o fundo do mar era bonito e pedindo aos marinheiros que não tivessem medo de descer até lá. Mas eles não entendiam as palavras cantadas, achavam que era a tempestade que os chamava, e também não viam beleza alguma lá embaixo, pois, quando um navio naufragava, as pessoas se afogavam e chegavam mortas ao castelo do rei do mar.

Quando, ao anoitecer, as irmãs partiam de braços dados rumo à superfície, a caçula ficava sozinha, vendo as outras se afastarem. A tristeza era tão grande que tinha vontade de chorar, mas sereias não têm lágrimas, então o sofrimento era ainda mais intenso.

"Ah, se eu tivesse 15 anos!", lamentava ela. "Eu sei que vou gostar do mundo lá em cima e das pessoas que vivem por lá!"

Finalmente, ela completou 15 anos.

"Agora você é adulta", disse a avó, a velha rainha viúva. "Venha, deixe-me enfeitar você como suas irmãs!" Então pôs uma coroa de lírios brancos sobre os cabelos dela. Cada pétala de flor era meia pérola. A velha deixou que oito grandes ostras se agarrassem ao rabo da princesa, para mostrar sua condição superior.

"Como dói!", queixou-se a pequena sereia.

"Ficar bonita exige certo sofrimento!", disse a velha.

Ah, como ela gostaria de ter sacudido toda aquela opulência de si e retirado a pesada grinalda. Suas flores vermelhas no jardim combinavam muito mais com ela, mas não ousou tomar nenhuma atitude.

"Adeus", disse ela, subindo pela água tão leve e clara como uma bolha.

O sol havia acabado de se pôr quando ela ergueu a cabeça sobre o mar, mas todas as nuvens ainda brilhavam como rosas e ouro. No ar vermelho pálido, a estrela da tarde brilhava lindamente, o ar estava ameno e fresco, e o mar, calmo. Ela viu um grande navio com três mastros. Uma única vela estava erguida, pois não havia vento, e os marujos estavam sentados entre as cordas, espalhados pelo convés. Havia música e canto, e à medida que a noite tornava tudo escuro, diversas lanternas de várias cores eram acesas, como se as bandeiras de todas as nações tremulassem no ar. A pequena sereia nadou até a janela da cabine, e cada vez que a água a erguia, conseguia ver através dos vidros transparentes várias pessoas enfeitadas, mas o mais bonito era o jovem príncipe de grandes olhos escuros. Ele não parecia ter muito mais do que 16 anos. Era o aniversário dele, e essa era a razão de todo aquele luxo. Os marujos dançavam no convés, e quando o jovem príncipe saiu para lá, mais de cem foguetes subiram pelo ar, brilhantes como o dia. A pequena sereia ficou muito assustada e mergulhou, mas logo ergueu a cabeça novamente, e foi como se todas as estrelas do céu caíssem sobre ela. Ela nunca tinha visto fogos de artifício. Grandes sóis rodopiavam, peixes de fogo magníficos movimentavam-se no ar e tudo se refletia no mar claro e silencioso. O navio estava tão iluminado que era possível ver cada detalhe, cada um que ali estava. Ah, como o jovem príncipe era belo! E ele apertava a mão de todos, rindo e sorrindo enquanto a música soava na adorável noite.

Ficou tarde, mas a pequena sereia não conseguia desviar os olhos do navio e do belo príncipe. As luzes coloridas se apagaram, os foguetes já não subiam pelo céu, os tiros de canhão haviam cessado, mas do fundo do mar vinham zumbidos e murmúrios, enquanto ela, sentada sobre a água, balançava-se para conseguir olhar para dentro da cabine. No entanto, o navio acelerou, as velas se abriram seguidamente, as ondas se agitaram, furiosas, grandes nuvens se formaram, e um relâmpago brilhou ao longe. Ah, uma tempestade terrível estava a caminho! Por isso que os marujos haviam recolhido as velas. O grande navio balançava no mar selvagem. A água ergueu-se como grandes montanhas turvas prestes a tombar sobre o mastro, mas o navio mergulhou como um cisne entre as ondas altas, emergindo novamente das águas elevadas. Para a pequena sereia, aquilo parecia uma viagem divertida, mas não era assim para os marujos. O navio rangeu e estalou, as tábuas grossas arquearam-se com os fortes choques, o mar avançou contra o navio, o mastro partiu-se ao meio como um cano e o navio pendeu para o lado, enquanto era invadido pela água. Então a pequena sereia compreendeu que eles estavam em perigo. Ela teria que cuidar das vigas e dos pedaços do navio que flutuavam na água. Em determinado momento, tudo ficou tão escuro que ela não conseguiu enxergar coisa alguma. Mas então relampejou, e a claridade foi tão grande que ela reconheceu todos no navio. Cada um se mantinha como podia. Ela procurou o jovem príncipe e, quando o navio se partiu, viu-o afundando no mar. A princípio, ficou muito alegre, pois agora ele estava a caminho de sua morada, mas então se lembrou que os humanos não conseguiam viver na água, e que ele não poderia descer ao castelo de seu pai, a não ser que estivesse morto. Não, ele não podia morrer! Por isso ela nadou entre as vigas e pranchas que flutuavam no mar, esquecendo-se completamente de que poderia ser esmagada. Mergulhou fundo e voltou a subir entre as ondas. Finalmente alcançou o jovem príncipe, que quase já não conseguia nadar no mar tempestuoso. Seus braços e pernas começavam a perder as forças, os belos olhos se fechavam, e ele teria morrido se a pequena sereia não tivesse chegado. Ela segurou a cabeça dele sobre a água e deixou que as ondas os conduzissem para onde quisessem.

Pela manhã, o mau tempo havia passado. Não havia um único fragmento do navio à vista. O sol ergueu-se vermelho e brilhante, como se desse vida às bochechas do príncipe, mas seus olhos permaneciam fechados. A sereia beijou sua testa alta e bela e ajeitou seus cabelos molhados para trás. Achou que ele se parecia com o pilar de mármore que havia em seu pequeno jardim e o beijou de novo, desejando que ele vivesse.

Então viu a terra firme à sua frente, altas montanhas azuis com a neve branca brilhando no topo como se fossem cisnes. Junto à costa havia lindas florestas verdejantes, com uma igreja ou um mosteiro na frente. Ela não sabia ao certo, mas era um edifício. Limoeiros e laranjeiras cresciam no jardim, e em frente ao portão havia palmeiras altas. Ali, o mar formava uma pequena enseada, tranquila, mas muito funda, que se estendia até a rocha para onde a areia fina e branca era levada pela água. Ela nadou até lá com o belo príncipe, deitou-o na areia e ergueu sua cabeça sob o sol quente.

Os sinos tocaram no grande edifício branco, e várias meninas saíram em direção ao jardim. A pequena sereia nadou para um lugar mais distante atrás de algumas pedras altas que se projetavam da água, cobriu os cabelos e os seios com espuma do mar para que ninguém visse seu rosto, e de lá observou quem viria para acudir o pobre príncipe.

Não demorou muito para que uma menina fosse até ele. Ela pareceu bastante assustada, mas apenas por um momento, então foi buscar outras pessoas. A sereia percebeu que o príncipe havia despertado e sorria para todos que o cercavam, mas não sorria para ela, afinal, ele não sabia que ela o havia salvado. Nesse instante sentiu uma imensa tristeza, e, quando ele foi levado para dentro do grande edifício, ela mergulhou entristecida e nadou para o castelo do pai.

Depois disso, a sereiazinha, que sempre fora uma menina quieta e pensativa, tornou-se ainda mais acabrunhada. As irmãs lhe perguntaram o que tinha visto em sua primeira vez lá em cima, mas ela não disse nada.

Durante muitos dias e noites, ela subia até onde deixara o príncipe. Viu as frutas do jardim amadurecerem e serem colhidas, viu a neve derreter nas montanhas altas, mas não via o príncipe, por isso sempre voltava ainda mais triste para casa. Ali estava seu único consolo, sentar-se em seu pequeno jardim e lançar os braços ao redor do belo pilar de mármore que lembrava o príncipe. Mas já não cuidava mais das flores, que cresceram como uma selva, dominando os corredores e trançando seus longos caules e folhas nos galhos das árvores, deixando tudo muito escuro.

Por fim, não suportou mais e contou o que lhe havia acontecido em terra para uma de suas irmãs. Todas as outras imediatamente souberam, mas ninguém mais além delas e de algumas outras sereias, que mantiveram segredo. Uma delas sabia quem era o príncipe, também vira a festa no navio, sabia de onde ele viera e onde ficava seu reino.

"Venha, irmãzinha!", disseram as outras princesas. E, com os braços em volta dos ombros umas das outras, emergiram do mar, em uma longa fileira em frente ao castelo do príncipe.

O castelo era feito de um tipo de rocha cintilante, amarelo-claro, e tinha grandes escadarias de mármore. Uma delas descia diretamente para o mar. Magníficas cúpulas douradas erguiam-se acima do telhado e, entre os pilares que circundavam todo o edifício, havia estátuas de mármore que pareciam vivas. Pelo vidro transparente nas janelas altas, avistavam-se os mais esplendorosos salões, com finíssimas cortinas de seda e valiosíssimos tapetes, além de paredes adornadas com grandes quadros, tudo um verdadeiro deleite para os olhos. Ao centro do salão principal, um grande chafariz jorrava, elevando-se contra a cúpula de vidro acima, por onde o sol brilhava sobre a água e sobre as lindas plantas que enfeitavam a enorme bacia.

Agora que sabia onde o príncipe morava, ela nadava até lá em muitas noites e madrugadas. Mais ousada do que qualquer outra sereia, aproximava-se do estreito canal sob a magnífica sacada de mármore, que lançava uma longa sombra na água. Ali se sentava e observava o jovem príncipe, que acreditava estar ali, sozinho, à luz do luar.

Ela o viu muitas noites navegar ao som de música em seu esplêndido barco, onde as bandeiras tremulavam; espiava entre os juncos verdes, sentindo o vento em seu longo véu branco-prateado. Se alguém a visse, pensaria que era um cisne levantando as asas.

Por diversas vezes ouviu os pescadores que iluminavam o mar contarem tantas coisas boas sobre o jovem príncipe que ela ficava feliz por ter salvado a vida dele quando, quase morto, flutuara nas ondas. Pensou na firmeza com que a cabeça dele repousara em seu peito e na intensidade com que então o beijara. Ele desconhecia tudo isso, não podia sequer sonhar com ela.

A pequena sereia gostava cada vez mais dos humanos e desejava cada vez mais poder estar entre eles. O mundo deles parecia muito maior do que o dela. Eles podiam voar sobre o mar em navios, escalar as altas montanhas acima das nuvens, e as terras que possuíam estendiam-se com florestas e campos para além do que ela conseguia enxergar. Havia muitas coisas que ela queria saber, mas as irmãs não eram capazes de responder a todas as suas dúvidas. Por isso, a pequena sereia perguntou à velha avó, que conhecia bem o que muito acertadamente chamava de "terras acima do mar".

"Quando os humanos não se afogam", perguntou a pequena sereia, "eles vivem para sempre e não morrem? Como nós, aqui no mar?"

"Não!", respondeu a velha. "Eles também morrem, e a vida deles é ainda mais curta do que a nossa. Podemos viver trezentos anos, mas quando não estamos mais aqui, nós nos tornamos apenas espuma do mar. Não temos sequer uma sepultura aqui embaixo, entre nossos entes queridos. Não temos uma alma imortal, nunca mais tornamos a viver, somos como o junco verde que, uma vez cortado, não brota de novo! Os humanos, pelo contrário, possuem uma alma que vive para sempre, mesmo depois que o corpo vira pó, e ela sobe no céu até as estrelas brilhantes! Assim como emergimos do mar e vemos a terra dos homens, eles sobem para lugares desconhecidos e maravilhosos que nunca veremos."

"Por que não temos uma alma imortal?", indagou a pequena sereia com tristeza. "Eu daria todos os trezentos anos que tenho para viver e ser uma humana apenas por um dia, para fazer parte do mundo celestial!"

"Não pense assim!", ralhou a velha. "Nossa condição é muito mais feliz e melhor do que a dos humanos lá em cima!"

"Eu vou morrer e flutuar como espuma do mar, sem ouvir a música das ondas, sem ver as lindas flores e o sol vermelho! Não há nada que eu possa fazer para ganhar uma alma eterna?"

"Não!", respondeu a velha. "Somente quando um homem a amar tanto, a ponto de se tornar mais importante para ele do que seu pai e sua mãe; somente quando ele se apegar a você de toda a mente e coração, e permitir que o sacerdote pouse a mão direita dele sobre a sua com a promessa de lhe ser fiel aqui e por toda a eternidade, só então a alma dele fluiria para o seu corpo, e você também participaria da felicidade dos humanos. Ele lhe daria uma alma, sem com isso perder a dele. Mas isso nunca vai acontecer! O que é tido como maravilhoso aqui no mar, ou seja, sua cauda, eles acham repulsivo lá em cima na terra. Lá, é preciso ter dois apoios desajeitados, que eles chamam de 'pernas', para uma mulher ser considerada bonita!"

A pequena sereia suspirou e olhou com tristeza para seu rabo de peixe.

"Vamos nos alegrar", disse a velha. "Vamos aproveitar os trezentos anos que temos para viver. Na verdade é um bom tempo, pois se pode descansar com ainda mais prazer no túmulo. Esta noite teremos baile na corte!"

Esse era também um luxo que não se via na terra. As paredes e o teto do grande salão de dança eram de vidro grosso, mas transparente. Centenas de conchas marinhas colossais, vermelhas como as rosas e verdes como a grama, enfileiravam-se de cada lado com um fogo azul flamejante que iluminava o salão inteiro e brilhava através das paredes, iluminando o mar lá fora; viam-se todos os inúmeros peixes, grandes e pequenos, que nadavam em direção à parede de vidro. Em alguns, as escamas brilhavam em tons purpúreos, em outros, pareciam douradas e prateadas. No meio do salão corria um amplo riacho, e nele tritões e sereias dançavam ao som de seu próprio e adorável canto. Nenhum ser humano na terra possuía tão belas vozes. Dentre todos, a pequena sereia era a que cantava mais lindamente. Ela foi muito aplaudida e, por um momento, sentiu o coração vibrar de alegria, ciente de que tinha a voz mais bela na terra e no mar! Mas logo voltou a pensar no mundo lá em cima; não conseguia esquecer o belo príncipe nem a dor por não possuir, como ele, uma alma imortal. Então saiu furtivamente do castelo do pai, e, enquanto tudo lá dentro era canto e alegria, sentou-se entristecida em seu pequeno jardim. Ouviu sons de trombetas descendo pela água e pensou: *Ele deve estar navegando lá em cima. Ele, a quem amo mais do que a meu pai e minha mãe, a quem meus pensamentos se apegam e em cujas mãos eu entregaria minha própria sorte. Vou arriscar tudo por ele e por uma alma imortal! Enquanto minhas irmãs dançam no castelo do meu pai, vou ter com a bruxa do mar, de quem sempre tive muito medo. Talvez ela possa me ajudar!*

A pequena sereia saiu de seu jardim rumo aos redemoinhos ruidosos atrás dos quais a bruxa vivia. Nunca percorrera aquele caminho. Ali não crescia nenhuma flor, nenhuma alga marinha, apenas a areia cinza nua se estendia em direção aos torvelinhos, onde a água, como um moinho ruidoso, girava e arrastava consigo para o fundo tudo que tocava. Ela teria que passar entre esses turbilhões esmagadores para chegar à morada da bruxa do mar, e boa parte do caminho seria sobre a lama quente e borbulhante que a bruxa chamava de seu pântano. A casa dela ficava logo atrás, no meio de uma estranha floresta. Todas as árvores e arbustos eram pólipos, metade animais, metade plantas, feito cobras de cem cabeças que brotavam do chão; os ramos eram braços compridos e viscosos, com dedos semelhantes a vermes ágeis que, de articulação em articulação, moviam-se da raiz à ponta. Tudo que conseguiam tocar no mar, agarravam e nunca mais soltavam. Assustada, a pequena sereia ficou ali, do lado de fora. Com o coração palpitando de medo, quase voltou, mas então pensou no príncipe e na alma humana e tomou coragem. Prendeu os cabelos longos e esvoaçantes para que os pólipos não os agarrassem, juntou as mãos no peito e voou entre as repulsivas criaturas, que estendiam braços e dedos ágeis para pegá-la. Viu como cada um deles agarrava algo, uma centena de pequenos tentáculos que prendiam como potentes algemas de ferro. Pessoas que haviam morrido no mar e afundado revelavam-se ali como ossos desnudos nos braços dos pólipos, que também seguravam firmemente lemes e baús, esqueletos de animais terrestres e uma pequena sereia que haviam capturado e estrangulado. Isso foi o que mais a assustou.

Chegou então a uma área grande e viscosa na floresta, onde opulentas cobras d'água moviam-se energicamente, mostrando o repugnante ventre amarelado. Ali no meio fora erguida uma casa com os ossos brancos de humanos que haviam naufragado, onde a bruxa do mar dava de comer da própria boca a um sapo, tal como os humanos dão açúcar aos canarinhos. Chamando os filhotes das asquerosas e gordas cobras d'água, deixava que se retorcessem sobre seus grandes e esponjosos seios.

"Eu sei o que você quer!", disse a bruxa do mar. "É uma tolice, mas, ainda assim, terá o que deseja, pois será motivo de infortúnio, minha adorável princesa. Você quer se livrar de seu rabo de peixe e trocá-lo por dois cotocos para andar como os humanos, a fim de que o jovem príncipe se apaixone e você consiga uma alma imortal!". Nesse momento, o riso da bruxa foi tão alto e terrível que o sapo e as cobras caíram no chão, retorcendo-se. "Chegou na hora certa", disse a bruxa. "Depois do nascer do sol amanhã, eu não poderia ajudá-la até que se passasse outro ano. Vou lhe preparar uma poção, você deve nadar com ela até a terra firme antes da aurora, sentar-se na costa e bebê-la, e então seu rabo será dividido ao meio para assumir a forma do que os humanos chamam de belas pernas. Mas devo adverti-la de que isso vai doer, como se uma espada afiada a atravessasse. Todos dirão que você é o ser humano mais lindo que já viram! Você manterá seu andar flutuante, nenhuma dançarina flutuará como você, mas cada passo que der será como pisar em uma faca afiada, derramando sangue. Deseja mesmo passar por todo esse sofrimento?"

"Sim!", disse a pequena sereia com voz trêmula, pensando no príncipe e em conseguir uma alma imortal.

"Mas, lembre-se", advertiu a bruxa. "Quando se tornar humana, você nunca mais poderá voltar a ser sereia! Nunca mais poderá submergir para encontrar suas irmãs e ir até o castelo de seu pai, e caso não conquiste o amor do príncipe, de modo que ele se esqueça de pai e mãe, se apegue a você de todo o coração e permita que o sacerdote junte as mãos de vocês para que se tornem marido e mulher, não ganhará uma alma imortal! Na primeira manhã depois que ele tiver se casado com outra, seu coração se partirá e você se tornará espuma do mar."

"Eu aceito!", disse a pequena sereia, pálida como um cadáver.

"Mas você terá que me pagar!", continuou a bruxa. "E não é pouco o que exijo. Você tem a mais bela voz dentre todos aqui no fundo do mar. Certamente acredita que encantaria o belo príncipe com ela, mas terá de entregá-la a mim. Em troca da minha preciosa poção, quero o que você possui de melhor! Vou misturar meu próprio sangue nela para que fique afiada como uma espada de dois gumes!"

"Mas se você ficar com a minha voz", questionou a pequena sereia, "o que me restará?"

"Sua linda aparência", devolveu a bruxa. "Seu andar flutuante e seus olhos expressivos. Com eles conseguirá encantar um coração humano. Perdeu a coragem? Ponha sua pequena língua para fora para que eu a corte como pagamento, e então terá a poderosa poção!"

"Combinado!", disse a pequena sereia, e a bruxa pôs seu caldeirão no fogo para preparar a poção mágica. "A limpeza é uma coisa boa!", disse ela, esfregando o caldeirão com as cobras, que ela amarrara com um nó. Então arranhou o próprio peito e deixou seu sangue escuro pingar no caldeirão. O vapor formava figuras muito estranhas, que provocavam medo e aflição. A cada momento, a bruxa colocava mais coisas no caldeirão. A poção ferveu durante muito tempo, assumindo um aspecto fumegante. Finalmente ficou pronta e parecia a água mais límpida!

"Aí está!", exclamou a bruxa, e então cortou a língua da pequena sereia, que agora estava muda, sem poder mais cantar nem falar.

"Se os pólipos a agarrarem quando voltar pela minha floresta", falou a bruxa, "jogue uma única gota desta poção sobre eles, e seus braços e dedos se partirão em mil pedaços!". Mas isso não foi necessário, pois os pólipos recuaram horrorizados ao ver a poção, que brilhava na mão da pequena sereia como uma estrela cintilante. Assim, ela logo atravessou a floresta, o pântano e os turbilhões impetuosos.

Então viu o castelo do pai. As chamas no grande salão de dança haviam sido apagadas; todos deviam estar dormindo lá dentro, mas ela não se atreveu a procurá-los, agora que estava muda e se afastaria deles para sempre. Seu coração parecia se partir de tristeza. Ela se esgueirou para o jardim, pegou uma flor de cada irmã e jogou mil beijos em direção ao castelo, subindo pelo mar azul-escuro.

O sol ainda não havia surgido quando ela avistou o castelo do príncipe e subiu a magnífica escadaria de mármore. O luar estava maravilhosamente claro. A pequena sereia tomou a poção forte e ardente, sentindo que uma espada de dois gumes lhe atravessava o belo corpo. Desmaiou e caiu como se estivesse morta. Quando o sol brilhou sobre as águas do mar, ela acordou e sentiu uma dor lancinante, mas bem à sua frente estava o jovem e adorável príncipe. Ele fixou os olhos escuros e intensos nela, que então baixou os seus e viu que seu rabo de peixe havia desaparecido, dando lugar às perninhas brancas mais bonitas que uma menina poderia ter. Como estava nua, abraçou-se em seus longos e volumosos cabelos. O príncipe perguntou quem ela era e como tinha ido parar ali, e ela só o olhou de um jeito delicado e triste com seus olhos azul-escuros, afinal, não podia falar. Então ele a pegou pela mão e a conduziu até o castelo. Como a bruxa havia dito, cada passo que ela dava era como se pisasse em sovelas pontiagudas e facas afiadas, mas ela suportava a dor com prazer. De mãos dadas com o príncipe, ela se ergueu tão levemente quanto uma bolha, e ele e todos os demais ficaram maravilhados com seu andar gracioso e flutuante.

Ela se vestiu com roupas caras de seda e musselina. Era a mais linda de todas no castelo, mas, muda, não podia cantar nem falar. Adoráveis escravas, vestidas de seda e ouro, surgiram e cantaram belas músicas para o príncipe e seus pais. O príncipe aplaudia e sorria para a pequena sereia, que se entristeceu, pois costumava cantar muito melhor e de um jeito muito mais encantador! Ela pensou: *Ah, se ao menos ele soubesse que, para estar com ele, eu abri mão da minha voz por toda a eternidade!*

As escravas começaram a dançar graciosas danças flutuantes ao som da música mais magnífica, e então a pequena sereia levantou os lindos braços alvos, ergueu-se na ponta dos pés e pairou sobre o chão, dançando como ninguém jamais dançara; a cada movimento, sua beleza se evidenciava ainda mais, e seus olhos falavam mais profundamente ao coração do que o canto das escravas.

Todos estavam encantados, sobretudo o príncipe, que a chamava de minha órfãzinha. Ela não parava de dançar, embora toda vez que seus pés tocavam o chão era como se pisasse em lâminas afiadas. O príncipe pediu para a pequena sereia ficar com ele para sempre, e ela recebeu permissão para dormir do lado de fora da porta dele, em uma almofada de veludo.

Pediu também que ela costurasse um traje masculino para acompanhá-lo nos passeios a cavalo. Eles cavalgaram pelas florestas perfumadas, onde os galhos verdes batiam nos ombros dela e os passarinhos cantavam, escondidos nas folhas frescas. Ela escalou com o príncipe as altas montanhas, e, embora seus belos pés sangrassem, à vista dos demais ela ria e o acompanhava, até que as nuvens passaram abaixo deles como se fossem um bando de pássaros a caminho de terras estrangeiras.

À noite, no castelo do príncipe, enquanto todos dormiam, ela descia pela larga escadaria de mármore, e a água fria do mar resfriava seus pés em chamas. Nesses momentos, ela pensava em seu povo lá embaixo, nas profundezas.

Uma noite, suas irmãs vieram de braços dados, cantando tristemente enquanto nadavam sobre a superfície da água. Ela acenou para elas, e elas a reconheceram e contaram como ela entristecera a todos. A partir de então, passaram a visitá-la todas as noites. Certa madrugada, a pequena sereia avistou ao longe a velha avó, que havia muitos anos não subia à superfície, e o rei do mar, com sua coroa na cabeça. Eles lhe estenderam os braços, mas não se atreveram a se aproximar tanto da terra quanto as irmãs.

Dia após dia, a afeição do príncipe aumentava. Ele a estimava como se estima uma criança boazinha e querida, mas não lhe ocorria de forma alguma torná-la sua rainha. No entanto, ela precisava se tornar sua esposa ou não ganharia uma alma imortal, além de estar fadada a se transformar em espuma do mar na manhã do casamento dele.

"Não sou sua preferida dentre todas?", os olhos da pequena sereia pareciam dizer, e ele a tomou nos braços e beijou sua bela testa.

"Sim, você é a que mais estimo", respondeu o príncipe, "pois, dentre todas, é a que possui o coração mais puro, é a mais dedicada e lembra uma jovem que vi uma vez, mas que provavelmente nunca mais verei. Eu estava em um navio que naufragou. Então as ondas me levaram para a praia, até um templo sagrado onde várias meninas serviam. A mais jovem me encontrou na costa e salvou a minha vida. Eu a vi apenas duas vezes; ela era a única que eu poderia amar neste mundo! Você se parece com ela, você quase toma o lugar dela na minha alma, mas ela pertence ao templo sagrado e por isso o destino me enviou você e nós nunca vamos nos separar!"

Ah, ele não sabe que fui eu que salvei a vida dele!, pensou a pequena sereia. *Eu o carreguei pelo mar até a floresta onde fica o templo, me escondi na água e fiquei observando se algum humano viria. Vi a bela menina que ele ama mais do que eu!* A sereia suspirou profundamente, pois não conseguia chorar. *Ele disse que a menina pertence ao templo sagrado e que nunca sairá para o mundo. Eles nunca mais se encontrarão, eu estou com ele, vejo-o todos os dias, quero cuidar dele, amá-lo, sacrificar minha vida por ele!*

Mas agora comentava-se que o príncipe se casaria e receberia a encantadora filha do rei vizinho como esposa! Era por isso que estava preparando um navio tão magnificamente. Diziam que o príncipe viajaria para conhecer as terras do rei vizinho, mas, na verdade, ele viajaria para conhecer a filha deste, acompanhado por um grande cortejo. A pequena sereia ria e balançava a cabeça. Ela conhecia os pensamentos do príncipe muito melhor do que todos os outros. "Vou viajar!", ele lhe dissera. "Meus pais exigem que eu conheça a bela princesa, mas obrigar-me a trazê-la para casa como minha noiva, isso eles não vão! Eu não posso amá-la! Ela não se parece com a linda menina do templo como você. Se eu tivesse que escolher uma noiva, seria você, minha órfãzinha muda com os olhos mais expressivos que já vi na vida!" Ele beijou sua boca vermelha, brincou com seus longos cabelos e encostou a cabeça em seu coração, o que a fez sonhar com a felicidade humana e com uma alma imortal.

"Mas você não tem medo do mar, minha órfãzinha muda!", disse ele quando pisaram no magnífico navio que o levaria às terras do rei vizinho. Então ele lhe contou sobre tempestades e calmarias, sobre peixes estranhos e tudo que se via ao mergulhar nas profundezas, e ela sorriu com o relato. Sabia melhor do que ninguém o que havia no fundo do mar.

Na noite enluarada, enquanto todos dormiam, exceto o timoneiro, que estava ao leme, ela se sentou na amurada do navio. Olhou para baixo e, através da água límpida, acreditou ver o castelo do pai e a velha avó com a coroa de prata na cabeça, fitando a superfície através das correntes que batiam contra a quilha do navio. Então suas irmãs surgiram e encararam tristemente a pequena sereia, torcendo as mãos muito brancas. Ela acenou para as irmãs, sorriu e desejou dizer que estava bem e feliz, mas o grumete se aproximou e as irmãs mergulharam, de forma que ele acreditou que os vultos brancos que havia visto eram a espuma do mar.

Na manhã seguinte, o navio aportou na esplendorosa cidade do rei vizinho. Todos os sinos das igrejas tocaram, e das torres altas soaram trombetas, enquanto os soldados empunhavam bandeiras tremulantes e baionetas reluzentes. Todos os dias havia uma festa. Bailes e festejos se sucediam, mas a princesa ainda não estava lá, pois dizia-se que fora criada em um templo sagrado longe dali, onde aprendera todas as virtudes da realeza. Até que um belo dia ela chegou.

Ansiosa, a pequena sereia aguardava para ver sua beleza. Teve de admitir que nunca vira figura mais graciosa. A pele era muito bela e brilhante, e por trás dos longos cílios sorria um par de olhos sinceros e azul-escuros!

"É você!", disse o príncipe. "Você que me salvou quando eu estava estendido como um cadáver na praia!", prosseguiu ele, apertando a noiva ruborizada nos braços. "Ah, como estou feliz!", disse ele para a pequena sereia. "Nunca ousei imaginar que isso se tornaria realidade. Tenho certeza de que você também vai se alegrar com a minha felicidade, pois dentre todos é quem mais me estima!" A pequena sereia beijou a mão dele, sentindo o coração se partir. A manhã do casamento causaria sua morte e a transformaria em espuma do mar.

Todos os sinos tocaram. Os arautos cavalgaram pelas ruas, proclamando o noivado. Em todos os altares, queimava-se óleo aromático em caríssimas lâmpadas de prata. Enquanto os sacerdotes balançavam incensários, os noivos deram-se as mãos e receberam as bênçãos do bispo. Vestida em seda e ouro, a pequena sereia segurava a cauda da noiva, mas seus ouvidos não escutavam a música festiva, seus olhos não viam a cerimônia sagrada. Seu pensamento estava na noite em que morreria, em tudo que havia perdido neste mundo.

Naquela mesma noite, os noivos embarcaram no navio, ao som de tiros de canhão. Todas as bandeiras tremulavam, e, no meio da embarcação, fora erguida uma dispendiosa tenda de ouro e púrpura, com as mais belas almofadas para os noivos dormirem na noite fria e tranquila.

As velas expandiram-se ao vento, e o navio deslizou suavemente pelo mar límpido.

Ao escurecer, lâmpadas de diversas cores foram acesas, e os marujos dançaram alegremente no convés. A pequena sereia não pôde evitar a lembrança da primeira vez que emergira do mar e vira o mesmo esplendor e alegria. Ela girava com a dança, pairando como uma andorinha sendo caçada, e todos a aplaudiam, extasiados. Ela nunca dançara tão magnificamente; os lindos pés lancinavam como facas afiadas, mas agora, a dor que a afligia era no coração. Sabia que era a última noite em que via aquele por quem abandonara seu lar e sua família, por quem renunciara à sua linda voz e por quem sofrera secreta e diariamente inúmeros desgostos. Era a última noite em que respirava o mesmo ar que ele, que via o mar profundo e o céu estrelado. Uma noite eterna, vazia e desprovida de sonhos esperava por ela, que não possuía uma alma, nem nunca poderia possuir. E tudo foi alegria e contentamento no navio até bem depois da meia-noite. Ela riu e dançou, tendo a morte como companheira em seu coração. O príncipe beijou sua linda noiva, que brincou com os cabelos escuros dele, e, de braços dados, os dois foram descansar na magnífica tenda.

Fez-se silêncio no navio. O timoneiro permaneceu ao leme, e a pequena sereia apoiou os braços alvos na amurada, olhando para o leste em busca da aurora, sabendo que o primeiro raio de sol a mataria. Então viu as irmãs surgindo do mar, pálidas como ela; seus longos e lindos cabelos não balançavam mais ao vento, pois haviam sido cortados.

"Nós os entregamos para a bruxa, para que ela nos ajudasse a salvar você da morte esta noite! Ela nos deu uma adaga, aqui está! Está vendo como é afiada? Antes que o sol nasça, você deve cravá-la no coração do príncipe, e, quando o sangue dele se derramar em seus pés, eles se transformarão em um rabo de peixe e você será sereia novamente. Então poderá voltar para o mar e viver trezentos anos antes de se tornar espuma salgada do mar. Depressa! Ou ele ou você morrerá antes que o sol nasça! Nossa velha avó lamentou muito ter seus cabelos brancos cortados, tal como os nossos, pela tesoura da bruxa. Mate o príncipe e volte! Apresse-se, está vendo aquela faixa vermelha no céu? Em alguns minutos o sol vai nascer e você morrerá!" Elas soltaram um longo suspiro e afundaram nas ondas.

A pequena sereia afastou o tecido púrpura da tenda e viu a linda noiva dormindo com a cabeça apoiada no peito do príncipe. Ela se curvou, beijou a testa dele, olhou para o céu, onde a aurora clareava cada vez mais, fitou a adaga afiada e novamente fixou os olhos no príncipe, que, sonhando, chamava pela noiva. Só havia lugar para ela em seus pensamentos. A adaga tremeu na mão da sereia, mas então ela a atirou bem longe nas ondas, que brilharam, vermelhas, onde ela havia caído, como se gotas de sangue borbulhassem na água. A pequena sereia olhou mais uma vez com os olhos quebrantados para o príncipe, saltou do navio e sentiu o corpo se dissolver em espuma.

Então o sol ergueu-se no horizonte. Os raios caíram, suaves e quentes, sobre o frio mortal da espuma na água. A pequena sereia não sentiu a morte. Viu somente o sol claro e uma centena de criaturas adoráveis e transparentes pairando acima dela. Através dessas criaturas, vislumbrou as velas brancas do navio e as nuvens vermelhas do céu. A voz delas era melódica, mas tão espectral que ouvidos humanos não podiam ouvi-la, assim como nenhum olho terreno podia vê-las; sem asas, elas flutuavam com a própria leveza no ar. A pequena sereia percebeu que possuía um corpo igual ao delas, que se elevava cada vez mais da espuma.

"Para quem estou indo?", perguntou ela, e sua voz soou como a das outras criaturas, tão espectral que nenhuma música terrena seria capaz de reproduzi-la.

"Para as filhas do ar!", responderam as outras. "As sereias não possuem alma imortal e nunca possuirão sem conquistar o amor de um humano! A existência eterna delas depende de um poder externo. As filhas do ar também não possuem alma eterna, mas, por meio de boas ações, elas mesmas podem conquistar uma alma eterna. Nós voamos para as terras quentes, onde o ar pestilento e sufocante mata as pessoas; então abanamos ar frio por lá. Espalhamos o perfume das flores pelo ar e enviamos cura e avivamento. Após nos esforçarmos para fazer o bem durante trezentos anos, recebemos uma alma imortal e participamos da felicidade eterna dos homens. Você, pobre sereia, lutou com todo o coração pelo mesmo que nós. Sofreu e suportou, elevou-se para o mundo dos espíritos do ar, e agora pode, por meio de boas ações, conseguir uma alma imortal daqui a trezentos anos."

A pequena sereia ergueu os braços claros contra o sol de Deus, e pela primeira vez sentiu lágrimas escorrerem dos olhos. No navio, havia novamente vida e movimento. Ela viu o príncipe e sua linda noiva procurando por ela, olhando, melancólicos, para a espuma borbulhante, como se soubessem que ela havia se atirado no mar. Invisível, beijou a testa da noiva, sorriu para o príncipe e subiu com as outras filhas do ar para a nuvem vermelha que pairava acima.

"Daqui a trezentos anos, vamos flutuar assim para o reino de Deus!"

"Podemos chegar lá mais cedo!", sussurrou uma delas. "Nós flutuamos, invisíveis, para dentro da casa de famílias onde haja crianças, e para cada dia que encontramos uma criança boa, que faz seus pais felizes e merece o amor deles, Deus encurta nossa provação. A criança não sabe que estamos voando pela sala, e, quando sorrimos de alegria com o que vemos, um ano é retirado desses trezentos anos. Mas, ao contrário, se vemos uma criança má e desobediente, choramos lágrimas de tristeza e cada lágrima acrescenta mais um dia à nossa provação!"

Bela
Jeanne Marie Leprince

A BELA E A FERA

••• 1756 •••

Era uma vez um comerciante extremamente rico. Tinha seis filhos: três rapazes e três moças. Como era um homem muito sagaz, não fazia economias no que tangia à educação dos filhos, que eram educados por vários professores. As meninas eram belíssimas, sobretudo a caçula. Quando pequena, era chamada de "bela criança". O adjetivo a acompanhou até a juventude, o que provocava muito ciúme nas irmãs. A caçula não era apenas a mais bonita, mas também a mais bondosa. Um senso exacerbado de riqueza deixara as duas irmãs mais velhas muito orgulhosas, e elas, dando-se ares de madames, recusavam-se a receber visitas de outras filhas de comerciantes, buscando se relacionar apenas com pessoas da melhor estirpe. Viviam às voltas com bailes, peças de teatro e passeios, e zombavam da caçula, que passava a maior parte do tempo lendo bons livros. Sabendo que as moças eram riquíssimas, muitos rapazes as pediam em casamento, mas as mais velhas diziam que só se casariam se encontrassem um duque ou, no mínimo, um conde. Bela (como disse, era assim que chamavam a caçula) agradecia de coração àqueles que queriam se casar com ela, mas argumentava que ainda era muito jovem e desejava fazer companhia ao pai por mais alguns anos.

Da noite para o dia, o comerciante perdeu todos os seus bens, restando-lhe apenas uma casinha no campo, bem afastada da cidade. Com a voz embargada pela tristeza, disse aos filhos que eles teriam que se mudar para a casinha e passar a trabalhar como camponeses para ganhar seu sustento. As filhas mais velhas logo responderam que deixar a cidade estava fora de questão, argumentando que tinham inúmeros pretendentes que ficariam felizes em desposá-las, mesmo destituídas de sua fortuna. Estavam enganadas: os antigos pretendentes não queriam mais vê-las, agora que eram pobres. Como ninguém realmente gostava delas, por serem muito orgulhosas, diziam: "Vocês não merecem a nossa compaixão. Estamos felizes em ver tanto orgulho cair por terra. Agora, que banquem as grandes damas para as ovelhas". Ao mesmo tempo, todos comentavam: "Temos pena é da Bela, isso sim. Ela é uma boa menina, sempre tratou os pobres com muito carinho, e é tão meiga e honesta". Surgiram até mesmo pretendentes dispostos a se casarem com ela, ainda que a moça não tivesse um tostão, mas ela recusou os pedidos, dizendo que não podia abandonar o pai em um momento tão sofrido e que o acompanharia para consolá-lo e ajudá-lo no campo. A pobre Bela também chegou a lamentar a perda da fortuna, mas dissera para si: "Chorar não vai trazer nenhuma riqueza de volta, então preciso tratar de ser feliz com o que tenho agora".

Depois que se instalaram no campo, o comerciante e seus três filhos começaram a trabalhar na lavoura. Bela acordava às quatro da manhã, limpava a casa e preparava as refeições da família. No início, sofria bastante, pois não estava acostumada a trabalhar como uma criada. Mas, passados dois meses, havia se fortalecido, e a labuta lhe rendera renovado vigor. Quando terminava as tarefas domésticas, aproveitava para ler, tocar cravo ou cantar. Já suas duas irmãs morriam de tédio: acordavam às dez da manhã, passavam o resto do dia passeando, e se distraíam lamentando os belos trajes e as companhias que haviam deixado para trás. Comentavam entre si: "Vejam nossa irmã caçula, é tão medíocre que ainda se diverte com esta situação deplorável!". O bom comerciante não pensava como suas filhas. Sabia que Bela tinha muito mais chance do que as irmãs de brilhar socialmente. Admirava as virtudes da moça, bem como sua paciência, pois as irmãs, não contentes em apenas sobrecarregá-la com todas as tarefas domésticas, insultavam-na sem parar.

Já moravam no campo havia um ano quando o comerciante recebeu uma carta, avisando que um navio, que transportava mercadorias dele, acabara de aportar. A notícia deixou as filhas mais velhas em polvorosa, pois imaginaram que finalmente poderiam deixar a enfadonha vida campestre. Quando viram o pai arrumado para partir, pediram que ele lhes trouxesse vestidos, estolas de pele, chapéus e todo tipo de futilidades. Bela não pediu nada, pensando com seus botões que nem mesmo todo o dinheiro das mercadorias seria suficiente para comprar tudo que as irmãs haviam pedido ao pai.

"Você não vai me pedir nada?", indagou o pai à Bela.

"Como teve a bondade de pensar em mim", disse ela, "peço que me traga uma rosa, pois não existem rosas aqui."

Na verdade, Bela não desejava tanto assim uma rosa, mas não quis condenar, com seu exemplo, a conduta das irmãs, que, ainda por cima, tinham lhe acusado de não pedir nada ao pai apenas para ser diferente.

O homem partiu, mas, quando chegou ao seu destino, descobriu que suas mercadorias haviam sido detidas, em virtude de trâmites legais. Depois de muitos dissabores, decidiu voltar para casa, tão pobre quanto antes.

Estava a cerca de cinquenta quilômetros de seu lar, antecipando a alegria de rever os filhos, quando se perdeu em uma densa floresta. Nevava terrivelmente. O vento era tão violento que, por duas vezes, o fizera cair do cavalo. Ao anoitecer, achou que morreria de fome, de frio ou que seria devorado pelos lobos que uivavam ao seu redor.

Então avistou, para além de uma fileira de árvores, uma luz resplandescente. Seguiu em sua direção e viu que a claridade vinha de um imenso palácio iluminado. Agradecendo a Deus o socorro enviado, rumou até o local e se surpreendeu ao não encontrar ninguém no pátio. Ao avistar um espaçoso estábulo aberto, seu cavalo logo buscou abrigo. Ali, o pobre animal encontrou palha e aveia e, faminto, pôs-se a comer com vontade. O comerciante amarrou o cavalo no estábulo e se dirigiu à casa, onde não encontrou ninguém. Viu-se em um amplo salão, com a lareira acesa e uma mesa fartamente posta, na qual havia talheres para apenas uma pessoa. Como a chuva e a neve haviam-no encharcado até os ossos, ele se aproximou da lareira para se secar e pensou: *O dono da casa ou seus criados devem aparecer a qualquer instante e espero que me perdoem por tomar tal liberdade.*

Esperou um bom tempo, mas, quando o relógio soou onze horas, como ninguém havia aparecido, não resistiu mais à fome. Apanhou uma coxa de frango e a devorou em duas bocadas, tremendo sem parar. Sentindo-se mais ousado após algumas taças de vinho, saiu do salão e explorou vários cômodos, todos amplos e esplendorosamente decorados. Encontrou um quarto, onde havia uma cama confortável, e, como já passava da meia-noite e estava exausto, decidiu fechar a porta e se deitar.

Acordou no dia seguinte às dez horas da manhã e ficou surpreso ao ver roupas novas e de boa qualidade no lugar das suas, que estavam arruinadas. Pensou consigo mesmo que o palácio na certa pertencia a uma boa fada, que se apiedara de sua situação. Espiou pela janela. Não viu nenhum vestígio de neve, mas, sim, um jardim florido e encantador.

Voltou para o salão onde ceara na véspera e viu, posta sobre uma mesinha, uma xícara de chocolate quente. "Muito obrigado, dona Fada", agradeceu ele, em voz alta, "pela bondade de se preocupar com meu desjejum." Após tomar o chocolate, o bom homem saiu para buscar seu cavalo. Ao passar por um vasto canteiro de rosas, lembrou-se do pedido de Bela e colheu um ramo. Nesse momento, ouviu um barulho e quase desmaiou ao ver uma Fera terrível avançando em sua direção.

"O senhor é mesmo muito ingrato", acusou a Fera, com uma voz assustadora. "Eu salvei sua vida ao lhe abrigar em meu castelo e eis que retribui minha gentileza roubando minhas rosas, as coisas que mais amo neste mundo. Somente a morte pode reparar tal transgressão. Dou-lhe quinze minutos para pedir perdão a Deus."

O comerciante se pôs de joelhos e, erguendo as mãos ao céu, suplicou à Fera:

"Monsenhor, perdoe-me, não tive intenção de ofendê-lo ao colher uma rosa para atender ao pedido de uma de minhas filhas."

"Não me chamo Monsenhor", retrucou o monstro. "Eu me chamo Fera. Não suporto bajulações e prefiro que sejam diretos comigo. Sua lisonja não vai me comover, mas, como disse que tem filhas, estou disposto a lhe perdoar, com uma condição: uma delas terá de se apresentar neste castelo, por livre e espontânea vontade, para morrer em seu lugar. Não discuta, homem, vá embora, e, se suas filhas recusarem o pedido, prometa-me que voltará em três meses."

O pobre homem não tinha a menor intenção de sacrificar uma de suas filhas ao terrível monstro, mas pensou: *Pelo menos vou poder abraçá-las uma última vez.* Então jurou voltar no prazo combinado. A Fera disse que ele estava livre para partir quando bem desejasse, mas acrescentou que não o deixaria ir embora de mãos vazias.

"Vá até o quarto onde passou a noite e lá encontrará um grande baú. Encha-o com tudo que quiser e o ajudarei a transportá-lo até sua casa."

Dito isso, a Fera se retirou, e o bom homem refletiu: *Se estou mesmo condenado a morrer, ao menos poderei me consolar sabendo que não deixei meus pobres filhos na miséria.*

Regressou então ao quarto onde pernoitara e, encontrando uma boa quantidade de barras de ouro, encheu o baú e o trancou. Pegou seu cavalo no estábulo e deixou o palácio, a tristeza o inundando tal qual a alegria que o contagiara no momento de sua chegada. O cavalo trilhou um dos caminhos na floresta e, em poucas horas, o bom homem estava de volta à casinha.

Os filhos logo o cercaram, mas, em vez de encontrar consolo em seus afagos, o comerciante começou a chorar. Segurava o ramo de rosas que havia trazido para Bela e, ao entregá-lo, disse à caçula:

"Bela, tome estas rosas. Elas custarão bem caro ao seu pobre pai."

Contou então à família sua aventura funesta. Ao ouvirem o relato do pai, as irmãs mais velhas fizeram um escândalo e insultaram Bela, que não derramara uma lágrima.

"Vejam no que deu o orgulho dessa criatura!", disseram elas. "Não podia ter pedido roupas, como nós? Mas não, a senhorita quis ser diferente! Agora vai causar a morte do nosso pobre pai e é incapaz de chorar por ele!"

"Por que eu haveria de chorar pela morte do meu pai?", indagou Bela. "Ele não vai morrer. Já que o monstro concordou em aceitar uma de suas filhas, vou me entregar à sua fúria. E saibam que me considero muito sortuda, pois com isso vou ter a alegria de salvar o meu pai, dando a ele esta prova de amor."

"Não, Bela", protestaram os três irmãos. "Você não vai morrer. Vamos encontrar o monstro e, se não conseguirmos matá-lo, vamos morrer em suas garras."

"Não contem com isso, meus filhos", disse o comerciante. "A Fera tem uma força extraordinária, e não tenho nenhuma esperança de que vocês possam vencê-la. A compaixão de Bela me comove, mas não vou permitir que ela se entregue à morte. Sou um homem velho, não me resta mais muito tempo de vida. Perderei poucos anos. Meu único pesar é ter que abandoná-los, meus queridos filhos."

"Pois saiba, meu pai", disse Bela, "que o senhor não voltará àquele palácio sem mim. Nem irá me impedir de segui-lo. Embora eu seja jovem, não tenho assim tanto apego à vida, e prefiro ser devorada por esse monstro a morrer com a tristeza que sua perda me causará."

Por mais que tentassem argumentar, Bela estava inflexível e queria de todo jeito partir rumo ao imponente palácio. As irmãs ficaram satisfeitas, pois as virtudes da caçula sempre lhes despertaram muito ciúme.

O comerciante estava tão abalado com a ideia de perder a filha que esquecera por completo o baú lotado de ouro. No entanto, assim que se recolheu para se deitar, ficou surpreso ao encontrá-lo ao lado da cama. Decidiu não contar aos filhos que estava rico, pois as moças na certa iriam querer voltar para a cidade, e ele estava decidido a permanecer no campo até morrer. Confidenciou o segredo à Bela, que, por sua vez, contou-lhe que, na ausência dele, haviam recebido alguns cavalheiros e dois deles haviam se interessado por suas irmãs. Pediu ao pai que consentisse com os casamentos, pois era tão bondosa que amava as irmãs e perdoava do fundo do coração todo o mal que elas haviam lhe causado.

As duas malvadas esfregaram cebola nos olhos para forçar as lágrimas quando Bela partiu com o pai. O pranto dos irmãos foi verdadeiro, assim como o do comerciante. Bela foi a única que não chorou, pois não queria aumentar o sofrimento da família.

O cavalo pegou o caminho do palácio e, ao anoitecer, pai e filha o avistaram, todo iluminado como da primeira vez. O animal foi sozinho até o estábulo, e o bom homem entrou com a filha no vasto salão, onde encontraram a mesa fartamente posta, desta vez para duas pessoas. O comerciante estava sem apetite, mas Bela, esforçando-se para parecer tranquila, sentou-se à mesa e o serviu enquanto pensava: *A Fera quer que eu engorde antes de me devorar, por isso nos preparou este banquete*.

Terminada a refeição, os dois ouviram um estrondo. Aos prantos, o comerciante se despediu da filha, imaginando que a Fera se aproximava. Bela estremeceu ao avistar a horrenda criatura, mas disfarçou como pôde. O monstro lhe perguntou se estava ali por livre e espontânea vontade, e, tremendo, ela respondeu que sim.

"Você é muito bondosa", disse a Fera, "e por isso lhe sou muito grato. Bom homem, parta amanhã bem cedo e nunca mais apareça aqui. Adeus, Bela."

"Adeus, Fera", respondeu a moça.

O monstro se retirou.

"Ah, minha filha", lamentou o comerciante, abraçando Bela. "Estou quase morto de tanto pavor. Ouça o que lhe digo e me deixe aqui."

"Não, meu pai", retrucou Bela, com firmeza. "O senhor vai partir amanhã de manhã e me deixar entregue nas mãos de Deus. Quem sabe ele não se compadece de mim?"

Pai e filha se recolheram e, embora achassem que não fossem conseguir pregar o olho a noite inteira, assim que se deitaram, pegaram no sono. Em sonhos, Bela viu uma dama que lhe disse: "Fico contente por você ser tão bondosa, Bela. A boa ação que está fazendo, dando sua vida para salvar seu pai, não ficará sem recompensa". Ao acordar, Bela contou tudo ao pai e, ainda que o sonho tivesse lhe dado algum consolo, o pobre homem não conseguiu controlar o pranto na hora de se despedir de sua querida filha.

Depois que ele partiu, Bela se sentou no salão e se pôs a chorar também. No entanto, como era muito corajosa, confiou em Deus e decidiu não mais se inquietar pelo pouco tempo que lhe restava de vida. Afinal, estava certa de que a Fera a devoraria naquela noite.

Decidiu passear enquanto esperava, explorando o suntuoso castelo. Não pôde deixar de admirar a beleza do lugar. Para sua surpresa, encontrou uma porta, onde se lia: QUARTO DE BELA.

Precipitou-se para abri-la e ficou encantada com o esplendor dos aposentos. No entanto, o que mais lhe chamou a atenção foi uma estante repleta de livros, além de um cravo e diversas pautas de música.

"Ele não quer que eu fique entediada", disse ela, baixinho. E, em seguida, pensou: *Se fosse para eu passar apenas um dia aqui, não creio que ele tivesse providenciado tantas coisas.* Tal pensamento reforçou sua coragem. Vasculhou a estante e encontrou um livro, onde se lia na capa, em letras douradas: PEÇA O QUE DESEJAR. AQUI ÉS RAINHA E SOBERANA.

"Quem me dera!", suspirou a moça. "Só tenho um único desejo: ver meu pobre pai e saber o que ele está fazendo agora", disse para si mesma.

Nesse momento, Bela quase caiu para trás quando, ao bater os olhos em um grande espelho, viu seu pai chegar em casa com o semblante muito abatido. As irmãs acorreram o pai, mas, embora fingissem sofrimento, não conseguiam disfarçar a alegria. A imagem logo desapareceu no espelho, mas Bela pensou que uma Fera assim gentil não devia ser tão assustadora quanto parecia. Ao meio-dia, encontrou a mesa posta. Durante a refeição, ouviu um excelente concerto, embora não tenha visto ninguém tocar.

À noite, quando se sentou à mesa para jantar, escutou um barulho. Era a Fera que se aproximava, e Bela sentiu um calafrio.

"Bela", disse o monstro, "posso lhe fazer companhia enquanto janta?"

"Você é o dono da casa", respondeu Bela, tremendo.

"Não", retrucou a Fera. "Quem manda aqui é você. Se minha presença estiver incomodando, basta me dizer e irei embora imediatamente. Você me acha muito feio, não é mesmo?"

"É verdade", respondeu Bela. "Não sei mentir. Mas o acho muito bondoso também."

"Tem razão", disse o monstro. "E, além de feio, não sou inteligente. Sei muito bem que não passo de um bicho."

"Isso, por si só, já é sinal de inteligência", retrucou Bela. "Tolos nunca reconhecem a própria ignorância."

"Coma, Bela", disse o monstro. "E trate de se distrair bastante em sua casa, pois tudo aqui é seu, e lamentarei muito se você não estiver contente."

"Você é mesmo muito bondoso", disse Bela. "Confesso que sua gentileza me encanta. Diante dela, você não me parece assim tão feio."

"Sim, minha cara", respondeu a Fera. "Tenho um bom coração, mas sou um monstro."

"Existem homens bem mais monstruosos", ponderou Bela. "Prefiro você aos meus semelhantes, que, com sua aparência humana, escondem corações dissimulados, corruptos e ignorantes."

"Se soubesse me expressar bem", disse a Fera, "eu lhe teceria um belo elogio, à altura do seu. Como sou incapaz, tudo que posso fazer é agradecer suas palavras."

Bela comeu com gosto. O monstro praticamente não lhe inspirava mais medo, mas quase morreu de susto quando ele lhe perguntou:

"Bela, aceita ser minha mulher?"

A moça ficou em silêncio por alguns instantes. Temia despertar a cólera do monstro ao recusar o pedido.

"Não, Fera", respondeu ela, trêmula.

Desejando exalar um suspiro, o pobre monstro deixou escapar um silvo tão aterrorizante que reverberou em todo o palácio. Bela, no entanto, não se assustou. Após se despedir, dizendo: "Então adeus, Bela", ele se retirou e, ao partir, tornou a olhar para trás algumas vezes, para contemplá-la novamente. Vendo-se sozinha, Bela sentiu uma imensa compaixão pela infeliz Fera. "Coitado", disse ela, "é uma pena que seja tão feio, porque tem realmente um coração de ouro!"

Durante três meses, Bela permaneceu tranquila no palácio. Todas as noites, a Fera a visitava e conversava com ela durante o jantar. Embora demonstrasse bom senso, ele não possuía inteligência mundana. A cada encontro, Bela descobria mais virtudes na Fera. A frequência com que se viam fez com que ela se acostumasse à feiura do monstro e, longe de temer suas visitas, conferia o relógio repetidas vezes, aguardando que soassem nove horas para se encontrarem. Apenas uma coisa a incomodava: todas as noites, antes de se recolher, o monstro perguntava se ela aceitava se casar com ele e ficava tomado de tristeza quando era rejeitado. Certa vez, ela lhe disse:

"Você me faz sofrer, Fera. Gostaria de poder aceitar seu pedido de casamento, mas sou muito sincera e não posso lhe dar esperanças de que isso aconteça um dia. Serei sua amiga para sempre, e você precisa aprender a se contentar com a minha amizade."

"Você tem razão", respondeu a Fera. "Sei que sou horroroso, não posso negar. Mas eu te amo demais e saber que você quer continuar morando comigo me traz imensa alegria. Prometa que nunca vai me deixar."

Bela ruborizou ao ouvir tais palavras. Tinha visto no espelho que seu pai andava doente de tristeza por tê-la perdido e gostaria muito de poder revê-lo.

"Posso até prometer jamais lhe deixar", respondeu Bela. "Mas tenho tanta vontade de rever meu pai que vou acabar morrendo de tristeza se você me negar esta alegria."

"Prefiro a morte a fazê-la infeliz", garantiu o monstro. "Vou mandá-la de volta ao seu pai para que fique com ele, e quem irá morrer de tristeza será sua pobre Fera."

"Não", suplicou Bela, aos prantos. "Eu o amo muito para permitir que minha ausência provoque sua morte. Prometo voltar em oito dias. Vi que minhas irmãs estão casadas e meus irmãos partiram para o exército. Meu pai está sozinho; permita-me passar uma semana com ele."

"Amanhã cedo você estará com ele", disse a Fera. "Mas lembre-se de sua promessa. Quando quiser voltar, tudo que precisa fazer é colocar seu anel sobre uma mesa quando for se deitar. Adeus, Bela", despediu-se a Fera, suspirando. Bela foi se deitar com o coração partido por vê-lo tão desolado.

Quando acordou no dia seguinte, Bela estava na casa do pai. Ela tocou um sininho que ficava ao lado da cama, convocando a criada, que gritou ao vê-la de volta. O bom homem se apressou para ver o que se passava e quase morreu de susto ao rever sua querida filha. Ficaram abraçados por um longo tempo. Passadas as primeiras comoções, Bela inquietou-se, pensando que não tinha roupa para sair do quarto. A criada, porém, informou que havia acabado de encontrar no cômodo vizinho um grande baú repleto de vestidos, todos feitos de ouro e adornados com diamantes. Bela agradeceu à boa Fera sua generosidade, escolheu o vestido mais simples e pediu à criada que guardasse os demais, pois os daria de presente às irmãs. No entanto, mal acabou de pronunciar essas palavras, o baú desapareceu. O pai então lhe disse que a Fera decerto não queria que ela se desfizesse das roupas e, no mesmo instante, o baú com os vestidos reapareceu.

Enquanto Bela se arrumava, suas irmãs foram avisadas de sua presença e logo acorreram com seus maridos. As duas estavam muito infelizes. A mais velha se casara com um cavalheiro muito bem-apessoado, mas tão enamorado pela própria imagem que passava o tempo todo ocupado em se admirar, desprezando a beleza de sua mulher. A mais nova se casara com um homem muito inteligente, mas que se valia de toda sua astúcia para infernizar os outros, a começar por sua esposa. Quando viram Bela vestida como uma princesa, e mais deslumbrante do que nunca, as irmãs quase morreram de desgosto. Por mais que Bela as tratasse com carinho, não conseguiram disfarçar a inveja, que cresceu quando Bela contou que vivia feliz no palácio da Fera. As irmãs invejosas desceram para o jardim, onde podiam chorar as mágoas à vontade, queixando-se:

"Como essa criatura pode estar mais feliz do que nós? Por acaso não somos muito mais amáveis do que ela?"

"Minha irmã", disse a mais velha, "tive uma ideia. Vamos segurá-la aqui por mais de oito dias. A idiota da Fera vai ficar possessa por ela ter lhe faltado com a palavra e talvez a devore."

"Tem razão, irmã", concordou a outra. "Então vamos nos esmerar para agradá-la."

Decididas em seu propósito, subiram e cobriram a irmã com tantos afagos que Bela chorou de alegria. Ao fim dos oito dias, as duas fingiram tamanho desespero e se mostraram tão inconsoláveis diante de sua partida que Bela prometeu ficar mais oito dias na casa do pai.

Durante esse período, Bela se sentiu culpada por causar sofrimento à sua pobre Fera. Ela o estimava muito e sentia saudades. Na décima noite em que passou na casa do pai, sonhou que estava no jardim do palácio e avistava a Fera caída na relva, à beira da morte, reprovando sua ingratidão. Sobressaltada, despertou, aos prantos.

"É mesmo muita maldade", disse ela, "fazer sofrer uma criatura que me foi sempre tão gentil. Ele acaso tem culpa de ser feio e não muito inteligente? Ele é bom, e isso vale mais do que todo o resto. Por que não aceitei me casar com ele? Eu seria muito mais feliz com a Fera do que minhas irmãs com seus maridos, pois não é nem a beleza nem a inteligência de um marido que fazem uma mulher contente: é a nobreza do caráter, suas virtudes, sua bondade. A Fera tem todas essas qualidades admiráveis. Não sinto amor por ele, mas sinto estima, amizade, gratidão. Não posso permitir que sofra por minha causa. Eu passaria o resto da minha vida me culpando por ter sido ingrata."

Então Bela se levantou, colocou seu anel sobre a mesa e voltou para a cama. Mal se deitou, caiu em um sono profundo e, quando despertou na manhã seguinte, notou com alegria que estava de volta ao palácio da Fera. Arrumou-se com esmero para agradá-lo e passou o dia inteiro aflita, aguardando, ansiosa, soar nove horas da noite. Mas, quando o relógio marcou a hora esperada, a Fera não apareceu. Bela receava ter causado sua morte. Saiu correndo por todo o palácio, gritando por ela, em desespero. Depois de vasculhar tudo de cima a baixo, lembrou-se do sonho e saiu em disparada para o jardim próximo ao lago, onde o vira caído. Encontrou a pobre Fera estirada na relva, inconsciente, e achou que estava morta. Atirou-se sobre seu corpo, sem nenhuma repulsa, e, ouvindo seu coração ainda pulsante, apanhou um pouco de água no lago e jogou sobre o rosto da Fera, que abriu os olhos e disse:

"Você esqueceu sua promessa e a dor de ter lhe perdido me fez decidir morrer de fome, mas morro feliz, pois tive a alegria de poder vê-la mais uma vez."

"Não, minha querida Fera, você não vai morrer", disse Bela. "Você vai viver para se tornar o meu marido. A partir de agora, eu lhe dou a minha mão e juro que não serei de mais ninguém. Eu achava que sentia apenas amizade, mas a dor que estou sentindo me fez perceber que não posso viver sem você."

Mal a jovem pronunciou tais palavras, o palácio se encheu de luz; fogos de artifício e música anunciavam uma festa. Bela, no entanto, ignorando toda mágica ao seu redor, voltou a fitar sua querida Fera, temendo por sua vida. Mas qual foi sua surpresa! A Fera havia desaparecido e, aos seus pés, jazia um belíssimo príncipe, que lhe agradecia por ter quebrado o feitiço que o aprisionava. Embora o príncipe merecesse toda sua atenção, ela não pôde deixar de lhe perguntar onde estava a Fera.

"Está aqui, aos seus pés", respondeu o príncipe. "Uma fada má me condenou a viver como Fera até que uma linda moça aceitasse se casar comigo. Ela também me proibiu de fazer transparecer minha inteligência. Só você, no mundo inteiro, enxergou além das aparências e se encantou com a bondade do meu caráter. Eu lhe ofereço a minha coroa, mas sei que tudo que posso lhe dar ainda é pouco perante a dívida de gratidão que tenho com você."

Agradavelmente surpresa, Bela ajudou o lindo príncipe a se levantar. Os dois caminharam juntos até o castelo, e Bela não conteve a alegria ao encontrar seu pai e toda sua família no salão. Eles haviam sido levados para lá pela bela dama que lhe aparecera no sonho.

"Bela", disse a dama, que na verdade era uma poderosa fada, "venha receber a recompensa por sua boa escolha. Por ter preferido a virtude à beleza e à inteligência, merece encontrar todas essas qualidades reunidas em uma só pessoa. Você será uma grande rainha, e espero que o trono não destrua seus valores. Quanto a vocês, senhoritas", acrescentou a fada, dirigindo-se às irmãs de Bela, "conheço a malícia que habita em seus corações. Transformarei as duas em estátuas, mas farei com que conservem a razão sob a pedra que as envolverá. Ficarão na porta do palácio de Bela, e o castigo de vocês será testemunhar a felicidade de sua irmã. Só poderão voltar à forma humana quando reconhecerem seus erros, mas creio que permaneçam estátuas para sempre... É possível corrigir o orgulho, a ira, a gula e a preguiça, mas converter um coração malvado e invejoso é quase um milagre."

Com um toque da varinha, a fada transportou todos que estavam no salão para o reino, onde o príncipe foi acolhido com júbilo por seus súditos. Casou-se com Bela, que viveu com ele por muitos e muitos anos na mais perfeita felicidade: aquela que tem a virtude como seu alicerce.

MULAN
Origem Anônima
A BALADA DE MULAN
··· 386·535 ···

Piu-piu... de novo... piu-piu.
Mulan em casa tecendo.
Não se ouve o som do tear,
Somente suspiro de mulher.
Pergunto à mulher: "O que pensa?".
Pergunto à mulher: "O que lembra?".
"As mulheres não têm nada para pensar,
As mulheres não têm nada para lembrar.
Vi os cartazes do exército ontem à noite,
Khan está convocando muitos soldados.
Sua lista tinha doze rolos,

Em todos estava o nome de meu pai.
Meu pai não tem filho mais velho,
Mulan não tem irmão mais velho.
Eu vou comprar um cavalo de sela,
Para ser meu pai na batalha."
Comprou alazão na feira do leste,
Comprou sela na feira do oeste,
Comprou arreios na feira do sul
E chicote na feira do norte.
Alvorecendo, despediu-se de seu pai e de sua mãe,
Anoitecendo, fez pouso à margem do rio Amarelo.
Não ouvia mais seu pai e sua mãe a chamando,
Só o rio Amarelo em seu leito, lamentando.
Alvorecendo, partiu do rio Amarelo,
Anoitecendo, chegou ao topo da Montanha Negra.
Não ouvia mais seu pai e sua mãe a chamando,
Só ouvia o zunido dos soldados das tribos do norte.
Dezesseis mil quilômetros marchados em batalha,
Cruzando montanhas e fortes como que voando.
O vento frio abre frestas no ferro,
A luz do inverno brilha na armadura.
O general morreu após cem batalhas,
O bravo soldado voltou após dez anos.
No retorno tem audiência com o Filho do Céu.*
O Filho do Céu estava no Pavilhão Magnífico.
Registrou seus méritos e lhe promoveu doze posições,
Recompensou-lhe em mais de cem mil.

---

* Expressão utilizada para designar o imperador na China Antiga.

Khan perguntou qual era seu desejo.
"Mulan não tem utilidade para cargo na corte,
Gostaria de um bom camelo para trilhar
os mil e seiscentos quilômetros
Que me levam de volta para casa."
O pai e a mãe ouviram que a filha voltaria,
Um no outro se apoiando, de mãos dadas,
foram além dos muros da cidade.
A irmã mais velha ouviu que a irmã voltaria,
Ficou à porta, retocando a maquiagem.
O irmão mais novo ouviu que a irmã voltaria,
Afiou rapidamente a faca e foi atrás de porcos e cabras.
"Abro a porta do meu pavilhão leste,
Sento na cama do meu pavilhão oeste,
Tiro minha túnica de guerra,
Visto minhas roupas de outrora."
Em frente à janela, arrumou seu cabelo esvoaçante,
Em frente ao espelho, colou à testa a flor amarela.
Saiu para ver seus companheiros,
E tomou a todos de surpresa e perplexidade.
"Trilhamos juntos durante doze anos,
Não sabíamos que Mulan era uma mulher."
O coelho tem as patas nebulosas,
A coelha tem os olhos fugidios.
Correndo um ao lado do outro no chão,
Quem pode dizer se sou macho ou fêmea?

Rapunzel

Irmãos Grimm

RAPUNZEL

••• 1815 •••

Era uma vez um homem e uma mulher que havia muito queriam ter um filho. Embora desejasse ardentemente uma criança, a mulher não conseguia engravidar. Um dia, porém, ela pressentiu que Deus realizaria seu desejo.

Nos fundos da casa do casal, havia um aposento com uma janelinha através da qual era possível ver um magnífico jardim cheio das mais belas flores e ervas. No entanto, era cercado por um muro muito alto e ninguém se arriscava a pulá-lo, pois aquele jardim pertencia a uma feiticeira muito poderosa e temida por todos na redondeza. Certo dia, a mulher estava à janela e olhou para o jardim. Avistou um canteiro repleto do mais lindo rapunzel, um tipo de alface que existia naquela região. Eles eram tão verdes e pareciam tão frescos que, no mesmo instante, a mulher sentiu fome e uma vontade enorme de comer aquelas folhas. Aquele desejo crescia dia após dia, mas como ela sabia que não podia satisfazê-lo, caiu doente, pálida e abatida. Quando o marido a viu naquele estado, assustou-se e lhe perguntou, desesperado:

"O que te acontece, amada esposa?"

"Ah, querido", respondeu ela. "Se eu não puder comer nenhum rapunzel daquele jardim atrás da nossa casa, não vou conseguir viver."

O homem, que muito a amava, pensou: *Não posso deixar minha esposa morrer. É melhor ir pegar um pouco daquele rapunzel, custe o que custar.*

Então, ao cair da noite, ele pulou o muro em direção ao jardim da feiticeira, arrancou da terra um chumaço de rapunzel e levou-o para a esposa, que imediatamente fez uma salada com as folhas e a devorou com imenso prazer. Mas os rapunzéis estavam tão saborosos que nos dias que se seguiram a vontade dela aumentou ainda mais. A fim de satisfazer o desejo da mulher para que ela ficasse em paz, o marido foi novamente buscar alguns pés de rapunzel. Ao cair da noite, ele pulou o muro em direção ao jardim, mas desta vez foi tomado por um enorme pavor ao dar de cara com a feiticeira.

"Como se atreve a invadir meu jardim e, como um reles ladrão, roubar meus rapunzéis?", inquiriu ela, com um olhar enfurecido. "Você vai se arrepender muito disso!"

"O-Oh", gaguejou ele. "Tenha misericórdia! Eu o fiz por uma emergência. Minha esposa viu da janela seu canteiro de rapunzel e ficou com tanta vontade que seria capaz de morrer se não comesse um pouco dele."

A bruxa deixou a ira de lado por um momento e lhe disse:

"Se é assim, eu o deixarei levar quantos pés de rapunzel quiser, mas com uma condição: quando sua esposa der à luz, você deve me entregar a criança. Ela vai ficar muito bem comigo, não lhe faltará nada, e cuidarei dela como uma mãe."

Temeroso, o homem concordou. Quando sua mulher deu à luz, a feiticeira imediatamente apareceu, batizou a criança de Rapunzel e a levou embora.

Rapunzel era a menina mais linda do mundo. Quando completou 12 anos, a feiticeira a trancou em uma torre no meio da floresta, sem porta nem escada, apenas uma janelinha lá no alto. Quando a bruxa queria subir, ela se punha embaixo da janela e gritava:

"Rapunzel, Rapunzel, jogue suas tranças!"

Rapunzel tinha cabelos longuíssimos e esplêndidos, delicados e brilhantes como ouro fiado. Quando ouvia a voz da bruxa, desenrolava as tranças, prendia-as em um gancho da janela e as deixava cair até o chão. Então a velha se pendurava nelas e subia.

Certo dia, depois de alguns anos, aconteceu que o filho do rei passeava a cavalo pela floresta e se deparou com a torre. De lá de cima, vinha um canto que lhe soou tão agradável que ele parou para escutá-lo. Era Rapunzel, que, para fazer passar o tempo naquela solidão, soltava sua doce voz. O filho do rei quis subir até ela, procurou uma porta na torre, mas não encontrou nenhuma. Ele voltou para seu palácio, mas aquele canto o tocara de tal forma que todos os dias voltava à floresta para ouvi-lo. Até que, um dia, detrás de uma árvore, ele viu a feiticeira chegar ao pé da torre e gritar:

"Rapunzel, Rapunzel, jogue suas tranças!"

Rapunzel lançou as tranças para baixo e a bruxa se agarrou nelas para escalar a torre até a janela. Ao ver aquela cena, o príncipe pensou: *Se é desse jeito que se sobe na torre, então também quero tentar minha sorte.* No dia seguinte, quando começou a escurecer, ele foi até o pé da torre e gritou:

"Rapunzel, Rapunzel, jogue suas tranças!"

No instante seguinte, os cabelos caíram lá de cima, e o príncipe escalou a torre. No início, Rapunzel se assustou ao se deparar com um homem, pois nunca tinha visto um. O príncipe falava com gentileza e confessou a Rapunzel que o canto dela havia mexido tanto com o coração dele que ele não teria sossego enquanto não a visse. Assim, Rapunzel perdeu o medo, e, quando ele perguntou se ela gostaria de se casar com ele, ela pensou: *Ele é belo e jovem, e vai me amar mais do que a velha senhora Gothel.* Então ela aceitou e lhe deu a mão. Em seguida disse:

"Quero muito ir com você, mas não sei como descer desta torre. Vamos fazer assim: toda vez que vier aqui, traga-me um pedaço de seda. Vou trançar os retalhos para fazer uma corda e, quando ela estiver pronta, desço daqui e vou embora com você em seu cavalo."

Os dois combinaram que a partir de então ele iria vê-la todas as noites, pois de dia a velha bruxa estaria lá. Os dias se passavam e a feiticeira não percebeu nada, até que um dia Rapunzel lhe disse:

"Diga-me, senhora Gothel, como é possível que seja mais difícil içar você do que o filho do rei, que sobe até aqui em um piscar de olhos?"

"Ah, sua miserável!", gritou a bruxa. "O que está me dizendo? Eu achava que a tinha afastado do mundo todo, e você me traiu!"

Em um ataque de fúria, a feiticeira agarrou as lindas tranças de Rapunzel, enrolou-as na mão esquerda e, com a direita, tic, tic, tic, passou-lhes a tesoura, deixando as belas madeixas caírem no chão, aos pés da torre. E, para ser ainda mais cruel, levou Rapunzel a um deserto para que ela vivesse infeliz e miseravelmente. Naquele mesmo dia, porém, a velha bruxa voltou aos pés da torre, subiu com o que sobrara das tranças e as prendeu no gancho da janela. Quando o príncipe chegou e gritou: "Rapunzel, Rapunzel, jogue suas tranças", ela as jogou para ele.

O príncipe escalou a torre e se deparou com a feiticeira, que o fitava com um olhar cheio de raiva e veneno.

"Ahá!", exclamou ela, sarcástica. "Você veio buscar seu belo pássaro, mas ele não está mais neste ninho e parou de cantar. O gato o pegou e agora também vai arranhar seus olhos. Rapunzel não existe mais para você, você nunca mais a verá!"

Transtornado e desesperado de dor, o príncipe se atirou da torre. Na queda, feriu os olhos e ficou cego. Vagou por dias pela floresta, comendo apenas raízes e bagas, chorando e lamentando a perda de sua amada.

Após alguns anos de muito sofrimento, enquanto cavalgava no deserto onde Rapunzel vivia miseravelmente com os gêmeos que havia parido, um menino e uma menina, ele ouviu uma voz que lhe soava familiar e a seguiu.

Ao ver o príncipe, Rapunzel imediatamente o reconheceu. Ela se agarrou ao pescoço dele e chorou copiosamente. Algumas de suas lágrimas caíram nos olhos do príncipe, fazendo a visão dele clarear, até que ele voltou a enxergar como antes.

Então ele levou Rapunzel e seus filhos para morar com ele em seu reino, onde foram recebidos com muita alegria e viveram felizes por muitos e muitos anos.

RAINHA
Hans Christian Andersen
A RAINHA DA NEVE
••• 1844 •••

*Primeira história,
que é sobre o espelho e os cacos.*

Pois bem! Estamos começando. Quando chegarmos ao fim da história, saberemos mais do que sabemos agora, pois havia uma criatura malvada! Era uma das piores, era o "diabo"! Certo dia, estava de muito bom humor, pois havia criado um espelho que tinha um poder: tudo que era bom, belo e se refletia nele, encolhia até quase desaparecer, mas o que não prestava e era mau, tornava--se ainda mais visível e pior. As mais lindas paisagens pareciam espinafre cozido, e as melhores pessoas tornavam-se repugnantes ou apareciam de cabeça para baixo e sem barriga, rostos ficavam irreconhecíveis de tão distorcidos, e se alguém tivesse uma sarda, com certeza ela cobriria o nariz e a boca. Era muito engraçado, disse "o diabo". Se um pensamento bom e piedoso ocorresse a alguém, o espelho gargalhava para que a criatura diabólica risse de sua engenhosa invenção. Todos que frequentavam a escola de magia, pois ele mantinha uma, saíam dizendo que havia acontecido um milagre; eles acreditavam que finalmente era possível ver como o mundo e as pessoas realmente eram. Eles levaram o espelho a todo canto, e por fim não havia país ou pessoa que não houvesse sido distorcido por ele. Então decidiram voar para o Céu a fim de caçoar dos anjos e do "Nosso Senhor". Quanto mais subiam com o espelho, mais alto ele gargalhava, e mal podiam segurá-lo. Voaram cada vez mais alto, aproximando-se de Deus e dos anjos. Então o espelho tremeu tanto em sua gargalhada que deslizou das mãos deles e se espatifou na terra, quebrando-se em centenas de milhões, trilhões e ainda mais pedaços. E o infortúnio tornou-se ainda maior que antes, pois alguns cacos eram do tamanho de um grão de areia e voavam pelo mundo inteiro, entrando e permanecendo nos olhos das pessoas, que começavam a ver tudo errado ou só tinham olhos para os defeitos das coisas, pois cada caco mantivera os mesmos poderes do espelho inteiro. Algumas pessoas foram atingidas por uma pequena lasca de vidro no coração, o que era horrível, pois tal coração se tornava um cubo de gelo. Alguns pedaços do espelho eram tão grandes que eram usados como vidro em janelas, mas não valia a pena ver os amigos através delas; outros pedaços viraram óculos, e as coisas iam mal quando as pessoas os usavam para enxergar corretamente e serem justas. O Maligno riu até a barriga rachar, e sentiu então umas cócegas gostosas. Mas lá fora ainda voavam pequenos cacos de vidro no ar. Vamos ouvir agora!

Segunda história.
Um menino e uma menina.

Na cidade grande, com tantas casas e pessoas que não há espaço suficiente para que todos tenham um pequeno jardim; e onde, portanto, a maioria é obrigada a se contentar com flores em vasos, havia, porém, duas crianças pobres que tinham um jardim um pouco maior que um vaso de flores. Não eram irmão e irmã, mas gostavam um do outro como se fossem. Os pais moravam lado a lado, em dois sótãos. Onde o telhado de um prédio se encontrava com o do outro e a calha d'água corria, dali saía de cada lado uma pequena janela, bastava pular a calha para passar de uma janela para a outra.

Do lado de fora, os pais mantinham duas grandes caixas de madeira, onde cultivavam hortaliças para consumo próprio e uma roseira; havia uma em cada caixa, e elas cresciam esplendorosamente. As caixas atravessavam a calha de tal maneira que quase chegavam de uma janela à outra e pareciam muito vivas, como dois campos de rosas. As ervilhas pendiam sobre as caixas, e das roseiras partiam longos galhos, que se retorciam sobre as janelas e se encontravam: era como um arco de folhas e flores. Como as caixas eram muito altas e as crianças sabiam que estavam proibidas de escalá-las, saíam muitas vezes, cada uma de sua janela, e se sentavam em seus banquinhos sob as rosas, e era adorável brincar ali.

No inverno, porém, esse prazer acabava. As janelas ficavam constantemente congeladas, mas então as crianças aqueciam moedas de cobre no forno azulejado, encostavam a moeda quente no vidro congelado, e assim se abria um maravilhoso olho mágico, redondinho, redondinho. Por trás espreitava um olho terno, um de cada janela; eram o menino e a menina. Ele se chamava Kay, e ela, Gerda. No verão, podiam visitar um ao outro com um pulo. No inverno, precisavam primeiro descer e subir as muitas escadas; lá fora, a neve soprava.

"São as abelhas brancas voando", disse a velha avó.

"Elas também têm uma abelha-rainha?", perguntou o menino, pois sabia que havia uma de verdade entre as abelhas.

"Têm, sim!", disse a avó. "Ela voa onde o enxame está mais próximo! É a maior de todas e nunca fica parada no chão. Ela voa novamente para a nuvem escura. Em muitas noites de inverno, voa pelas ruas da cidade, olhando pelas janelas, que então congelam estranhamente, assim como as flores."

"Sim, eu já vi!", disseram as duas crianças, sabendo então que era verdade.

"A Rainha da Neve consegue entrar aqui?", perguntou a menina.

"Deixe-a entrar", disse o menino, "vou colocá-la no forno quente, e ela vai derreter."

Mas a avó alisou o cabelo dele e contou outras histórias.

À noite, quando estava em casa, meio despido, o pequeno Kay subiu na cadeira perto da janela e espiou pelo pequeno buraco; alguns flocos de neve caíam lá fora, e um deles, o maior, permaneceu na beirada de uma das caixas de flores. O floco de neve cresceu e cresceu e por fim se transformou em uma mulher inteira, vestida com as mais lindas flores brancas, que pareciam ser formadas por milhões de flocos de neve em forma de estrela. Era linda, mas de gelo, gelo brilhante, e estava viva; os olhos reluziam como duas estrelas claras, mas não havia paz nem descanso neles. Ela fez um gesto com a cabeça em direção à janela e acenou com a mão. O menino se assustou e pulou da cadeira, e então foi como se um grande pássaro passasse voando pela janela.

No dia seguinte, caiu uma geada clara, e então veio a primavera, o sol brilhou, a vegetação surgiu, as andorinhas fizeram ninho, as janelas se abriram e as crianças se sentaram novamente em seu pequeno jardim, lá em cima, na calha do telhado, sobre todos os andares.

As rosas floresceram belíssimas naquele verão. A menina havia aprendido um cântico que falava sobre rosas, e ele fazia com que ela pensasse em suas próprias. Ela cantou para o menino, e ele acompanhou:

"As rosas crescem nos vales, e então fala o menino Jesus!"

E eles deram as mãos, beijaram as rosas e olharam para o sol claro, falando com ele como se o menino Jesus estivesse lá. Como eram belos os dias de verão, como era maravilhoso estar ali fora, junto às roseiras frescas, que pareciam não mais querer parar de florescer.

Kay e Gerda estavam sentados, vendo um livro com ilustrações de bichos e pássaros, e foi então, quando o relógio bateu exatamente cinco horas na grande torre da igreja, que Kay disse:

"Ai! Senti uma pontada no coração! E agora tem alguma coisa no meu olho!"

A menina levou as mãos ao pescoço dele, que piscou várias vezes. Não, não havia nada ali.

"Acho que saiu!", disse ele. Mas não tinha saído. Era um dos grãos de vidro que haviam se soltado do espelho mágico. Ainda nos lembramos dele, o vidro terrível que fazia com que tudo que era grande e bom e se refletisse nele se tornasse pequeno e feio, mas o que era mau e miserável se mostrava bem nítido, e qualquer defeito se tornava imediatamente perceptível. O pobre Kay fora atingido por uma lasca bem no coração, que em breve se tornaria um cubo de gelo. Não doía, mas estava lá.

"Por que você está chorando?", perguntou ele. "Você fica horrível quando chora! Não há nada de errado comigo! Que feio! Aquela rosa ali foi roída por um verme! E olha só, aquela ali está bem torta! Que rosas repugnantes! Assim como as caixas em que estão!" E então ele chutou a caixa com força e arrancou as duas rosas.

"Kay, o que você está fazendo?!", gritou a menina, e quando ele viu seu susto, arrancou outra rosa e entrou correndo pela sua janela, afastando-se da adorável pequena Gerda. Quando, mais tarde, ela apareceu carregando o livro de ilustrações, ele disse que aquilo era para crianças pequenas, e quando a avó contava histórias, ele sempre vinha com um "mas". Se tivesse oportunidade, ele a seguia, usando óculos e imitando sua maneira de falar; era muito parecido, e as pessoas riam dele. Não demorou para que imitasse todas as pessoas da rua. Tudo que elas tinham de estranho e não tão belo, Kay sabia imitar, e as pessoas diziam: "Que cabeça impressionante tem esse garoto!". Mas era o vidro que entrara em seu olho, o vidro que estava em seu coração, e por isso ele debochava até mesmo da pequena Gerda, que o estimava com toda a sua alma.

Suas brincadeiras agora eram bem diferentes de antes; eram muito inteligentes: Em um dia de inverno, quando os flocos de neve voavam, ele veio com uma grande lente de aumento, esticou o casaco azul e deixou que os flocos de neve caíssem sobre ele.

"Olhe no vidro, Gerda!", disse ele, e cada floco de neve tornou-se muito maior e parecia uma flor magnífica ou uma estrela de dez pontas; era lindo de se ver.

"Veja que engenhoso!", exclamou Kay, "Muito mais interessante que as flores! E não possuem uma única falha, são bastante precisos, o problema é que derretem!"

Pouco depois, ele veio com grandes luvas e seu trenó nas costas e, antes de partir, gritou no ouvido de Gerda:

"Posso ir andar na grande praça, onde os outros brincam!"

Lá na praça, os meninos mais audaciosos muitas vezes amarravam seus trenós à carroça do fazendeiro e o acompanhavam durante um bom tempo. Era divertido. Quando estavam no melhor da brincadeira, surgiu um grande trenó; era pintado de branco, e nele havia alguém envolto em uma pele branca e com um gorro felpudo branco. O trenó deu duas voltas na praça, e Kay amarrou rapidamente seu pequeno trenó nele, e agora também o acompanhava. O trenó seguiu, cada vez mais rápido, para a rua seguinte, quem conduzia virou a cabeça e saudou Kay gentilmente, como se eles se conhecessem; toda vez que Kay pretendia soltar seu pequeno trenó, a pessoa o saudava outra vez, e então Kay permanecia sentado. Eles atravessaram o portão da cidade. Então a neve começou a cair de tal maneira que o menino não conseguia ver nada diante de si, mas ele prosseguiu e desamarrou depressa a corda para se soltar do grande trenó, mas não adiantou, seu pequeno veículo estava enganchado e seguia na velocidade do vento. Então ele gritou bem forte, mas ninguém o ouviu, e a neve caía e o trenó seguia rapidamente; de vez em quando dava um solavanco, como se passasse por valas e cercas. Ele estava bastante assustado, queria rezar o Pai-Nosso, mas só se lembrava da tabela de multiplicação.

Os flocos de neve ficaram cada vez maiores, e por fim pareciam grandes galinhas brancas. De repente, desviaram para o lado, o grande trenó parou, e a pessoa que o conduzia se levantou, a pele e o gorro pura neve. Era uma mulher, alta e ereta, de um branco cintilante. Era a Rainha da Neve.

"Andamos um bom pedaço!", disse ela. "Mas está muito frio! Entre em minha pele de urso!" E ela o colocou no trenó consigo e o envolveu com a pele, foi como afundar em um monte de neve.

"Você ainda está com frio?", perguntou ela, e o beijou na testa. Oh! Era mais frio que gelo, foi direto para o coração dele, que, no entanto, já era quase um cubo de gelo. Foi como se ele estivesse prestes a morrer, mas apenas por um instante, e então ficou bom, já não percebendo mais o frio ao redor.

"Meu trenó! Não esqueça meu trenó!" Ele então se lembrou. E o trenó foi amarrado em uma das galinhas brancas, que voou com ele nas costas. A Rainha da Neve beijou Kay mais uma vez, e ele já tinha esquecido a pequena Gerda, a avó e todos em casa.

"Não vou mais beijar você!", disse ela. "Pois então você morreria!"

Kay olhou para ela, que era tão bonita, que ele não conseguiria imaginar um rosto mais sábio, mais adorável. Já não parecia ser de gelo, como quando acenara para ele do lado de fora da janela; aos seus olhos ela era perfeita, não se sentia nem um pouco amedrontado. Ele contou a ela que sabia fazer contas de cabeça, e com frações, e as milhas quadradas dos países e "quantos habitantes", e ela sorriu o tempo todo. E então ele achou que aquilo que sabia não era ainda suficiente, e ele olhou para o imenso céu, e ela voou com ele, voou alto para a nuvem sombria, e a tempestade zunia e rugia como se cantasse velhas canções. Eles voaram sobre florestas e lagos, sobre terras e mares; lá embaixo, o vento frio zunia, os lobos uivavam, a neve cintilava, sobre ela voavam os corvos pretos gritando, mas lá em cima a lua brilhava muito grande e clara, e nela Kay viu a longa noite de inverno. Durante o dia, ele dormia aos pés da Rainha da Neve.

Terceira história.
O jardim de flores da mulher que conhecia magia.

Mas como estava a pequena Gerda, agora que Kay não vinha mais? Onde ele estava? Ninguém sabia, ninguém podia avisar. Os meninos disseram apenas que o viram amarrar seu pequeno trenó em um grande e magnífico, que entrou pela rua e saiu pelo portão da cidade. Ninguém sabia onde ele estava, muitas lágrimas foram derramadas, a pequena Gerda chorou profunda e longamente. Então disseram que ele estava morto, que se afogara no rio que corria perto da cidade. Ah, foram longos e escuros dias de inverno.

Então chegou a primavera com um sol mais quente.

"Kay está morto!", disse a pequena Gerda.

"Eu não acho!", disse o sol.

"Ele está morto!", disse ela para as andorinhas.

"Eu não acho!", responderam elas, e, por fim, a pequena Gerda também não achava mais.

"Vou calçar meus sapatos vermelhos novos", disse ela uma manhã, "aqueles que Kay nunca viu, e então irei ao rio e perguntarei a ele!"

E era bem cedo. Ela beijou a velha avó, que estava dormindo, calçou os sapatos vermelhos e saiu sozinha pelo portão, rumo ao rio.

"É verdade que você levou meu irmãozinho de brincadeiras? Eu te darei meus sapatos vermelhos, se o devolver para mim!"

E ela achou que as ondas assentiram de uma forma muito estranha. Então ela tirou seus sapatos vermelhos, o que tinha de mais precioso, e jogou ambos no rio, mas eles caíram perto da margem, e as pequenas ondas os levaram imediatamente de volta para ela, como se o rio não quisesse aceitar seu bem mais precioso quando não tinha o pequeno Kay. Mas ela achou que não os tinha jogado longe o suficiente, e então ela subiu em um barco que estava sobre os juncos, foi até a ponta e jogou os sapatos; mas o barco não estava amarrado, e com o movimento dela, ele deslizou da terra. Ela sentiu e se apressou para fugir, mas antes que conseguisse sair, o barco já estava a mais de dois pés da margem, deslizando rapidamente.

Então a pequena Gerda se assustou e começou a chorar, mas ninguém ouviu além dos pardais, e eles não podiam carregá-la para a terra, mas voavam junto, cantando, como que para consolá-la:

"Aqui estamos! Aqui estamos!"

O barco flutuava com a corrente. Lá estava a pequena Gerda, quieta, só de meias; seus sapatinhos vermelhos flutuavam logo atrás, mas não conseguiam alcançar o barco, que deslizava mais rápido.

A paisagem era bela em ambas as margens, lindas flores, velhas árvores e encostas com ovelhas e vacas, mas nenhum ser humano à vista.

Talvez o rio me leve até o pequeno Kay, pensou Gerda, e então se animou, levantou-se e observou por muitas horas as belas margens verdes. Então ela chegou a um grande pomar de cerejeiras, onde havia uma casinha com estranhas janelas vermelhas e azuis, além de um telhado de palha e dois soldados de madeira do lado de fora que apresentavam suas armas aos navegantes.

Gerda gritou para eles, pensou que estivessem vivos, mas eles não responderam. Ela se aproximou deles, o rio impelia o barco contra a terra.

Ela gritou ainda mais alto, e então saiu da casa uma mulher muito velha, apoiada em uma bengala com um gancho; usava um grande chapéu de sol pintado com as mais belas flores.

"Pobre criança!", disse a velha. "Como veio parar na grande e forte corrente que a arrastou para o vasto mundo?" E então a velha entrou na água, enganchou sua bengala no barco, puxou-o para a terra e tirou a pequena Gerda.

E Gerda ficou contente por pisar em terra seca, mas com um pouco de medo da mulher velha e estranha.

"Conte-me quem você é e como veio parar aqui!", ordenou ela.

E Gerda contou tudo a ela. A velha sacudia a cabeça e dizia: "Hm! Hm!". E quando Gerda terminou de contar e perguntou se ela não tinha visto o pequeno Kay, a velha disse que ele não estivera ali, mas que viria, que ela não devia ficar triste, mas, sim, provar suas cerejas, ver suas flores, pois eram mais bonitas do que qualquer livro de ilustrações, cada uma tinha uma história para contar. Então ela pegou Gerda pela mão, elas entraram na casinha, e a velha fechou a porta.

As janelas eram muito altas, e os vidros eram vermelhos, azuis e amarelos; a luz do dia brilhava de forma estranha ali dentro, com todas as cores, mas sobre a mesa havia as mais belas cerejas, e Gerda comeu quantas desejou, pois, sim, ela teve coragem. E enquanto ela comia, a velha penteava o cabelo dela com um pente de ouro, e os cachos brilhavam com um amarelo muito bonito em torno do rosto pequeno e amável, que era redondo e parecia uma rosa.

"Como eu desejava uma menininha doce", disse a velha. "Você verá como nos daremos bem!" E conforme ela penteava o cabelo da pequena Gerda, a menina se esquecia de seu companheiro de brincadeiras Kay, pois a velha conhecia magia, mas não era malvada, apenas usava alguns encantamentos para seu próprio prazer, e agora ela queria que a pequena Gerda ficasse. Por isso saiu para o jardim, estendeu sua bengala para as roseiras e, embora florescessem belamente, enterrou todas as rosas na terra preta. Não restou qualquer sinal delas. A velha temia que, vendo as rosas, Gerda viesse a pensar em suas próprias, que se lembrasse do pequeno Kay e fosse embora.

Então ela levou Gerda para o jardim de flores. Ah! Que aroma e beleza! Todas as flores imagináveis, de qualquer estação, estavam ali e floresciam magnificamente; nenhum livro ilustrado poderia ser mais colorido e bonito. Gerda pulou de alegria e brincou até que o sol se pusesse atrás das cerejeiras altas, quando então recebeu uma bela cama com cobertores de seda vermelha, estofados com violetas azuis e dormiu e sonhou tão bem quanto uma rainha no dia de seu casamento.

No dia seguinte, ela brincou novamente com as flores no calor do sol, e assim se passaram muitos dias. Gerda conhecia todas as flores, mas apesar de serem muitas, ela sentia que faltava uma, mas não sabia qual. Um dia, ela olhou para o chapéu de sol da velha, com as flores pintadas, e a mais bela entre elas era uma rosa. A velha se esqueceu de tirá-la do chapéu quando enterrou as outras. É o que acontece quando não se pensa!

"O quê?!", disse Gerda. "Não tem nenhuma rosa aqui?" E pulou entre os canteiros, procurou e procurou, mas não encontrou nenhuma. Então ela se sentou e chorou, mas suas lágrimas quentes caíram bem onde uma roseira estava enterrada, e quando as lágrimas quentes molharam o chão, ela ergueu-se imediatamente, tão florida como quando fora enterrada, e Gerda a abraçou, beijou as rosas e pensou nas lindas rosas em sua casa e, com elas, no pequeno Kay.

"Oh, como me atrasei!", disse a menina.

"Tenho que encontrar Kay! Vocês não sabem onde ele está?", perguntou ela às rosas. "Acham que ele está morto?"

"Morto ele não está", disseram as rosas. "Estávamos debaixo da terra, onde todos os mortos estão, mas Kay não estava lá!"

"Obrigada!", disse a pequena Gerda, e se dirigiu às outras flores, olhou dentro delas e perguntou: "Vocês não sabem onde o pequeno Kay está?".

Mas cada flor ao sol sonhava com seu próprio conto de fadas ou história, e a pequena Gerda ouviu várias, mas nenhuma sabia de Kay.

E o que disse então o lírio-de-fogo?

"Está ouvindo o tambor, bum! Bum! São apenas duas notas, sempre bum! Bum! Ouça o canto fúnebre das mulheres! Ouça o grito dos sacerdotes! Lá está a mulher hindu na fogueira, em sua longa túnica vermelha, cercada pelas chamas, junto ao marido morto. Mas ela pensa naquele que está vivo, ali no círculo, cujos olhos são mais quentes que as chamas, cujo fogo nos olhos toca mais o coração dela do que as chamas que em breve transformarão seu corpo em cinzas. Morrerá a chama do coração nas chamas da fogueira?"

"Não entendi nada!", disse a pequena Gerda.

"Esse é o meu conto de fadas!", respondeu o lírio-de-fogo.

O que diz a corriola?

"Além da estrada estreita da montanha há um velho castelo. A densa sempre-viva sobe pelos velhos muros vermelhos, folha por folha, até a sacada, onde está uma linda menina, inclinada sobre o parapeito, olhando para a estrada. Nenhuma rosa que pende dos ramos é mais fresca do que ela, nenhuma flor de macieira, quando o vento a leva da árvore, é mais leve do que ela, como se agita a magnífica túnica de seda. Será que ele não vem?"

"Você está falando sobre o Kay?", perguntou a pequena Gerda.

"Falo apenas sobre meu conto de fadas, meu sonho", respondeu a corriola.

O que diz a campânula branca?

"Entre as árvores, pende em cordas a prancha comprida, é um balanço. Duas belas meninas, de vestidos brancos como a neve, com longas fitas de seda verde que esvoaçam dos chapéus, estão sentadas, balançando. O irmão, mais velho que elas, está de pé sobre o balanço, com o braço envolto na corda, pois em uma das mãos segura uma pequena tigela, e na outra um cachimbo de barro. Ele sopra bolhas de sabão. O balanço vai, e as bolhas voam com cores lindas e variadas; a última ainda está presa ao cachimbo e se curva no vento. O balanço vai. O cachorrinho preto, leve como as bolhas, levanta-se nas patas traseiras e quer subir no balanço, que voa; o cão cai, late e fica bravo. As crianças riem, as bolhas estouram, uma prancha que balança, espuma que salta é a minha canção!"

"Pode até ser uma história bonita, mas você contou de uma forma muito triste, e não disse nada sobre o Kay. O que dizem os jacintos?"

"Eram três irmãs adoráveis, transparentes e delicadas. A túnica de uma era vermelha; a da outra, azul; e a da terceira, muito branca. De mãos dadas elas dançavam junto ao lago sereno à luz do luar. Não eram elfos, eram humanas. Havia um cheiro doce, e as meninas sumiram na floresta. O cheiro ficou mais forte. Três caixões, neles estavam as lindas meninas, escorregaram na densa floresta e caíram no lago. Os pirilampos voavam, brilhando, ao redor, como pequenas luzes flutuantes. As meninas dançantes estão dormindo ou mortas? O cheiro de flor denuncia que são cadáveres. O sino da noite ecoa sobre os mortos!"

"Você está me deixando triste", queixou-se a pequena Gerda.

"Seu perfume é muito forte. Ele me faz pensar nas meninas mortas! Ai, o pequeno Kay está mesmo morto? As rosas estiveram sob a terra e dizem que não!"

"Dim, dom!" Os sinos do jacinto ecoaram. "Não estamos tocando pelo pequeno Kay, não o conhecemos! Estamos apenas cantando nossa canção, a única que sabemos!"

E Gerda foi até o botão-de-ouro, que brilhava entre as folhas verdes e cintilantes.

"Você é um pequeno sol!", disse Gerda. "Diga-me se sabe onde encontrar meu companheiro de brincadeiras?"

E o botão-de-ouro brilhou muito bonito e olhou de volta para Gerda. Que canção saberia cantar?

Também não era sobre Kay.

"Em uma pequena chácara, o sol do Senhor brilhava, bem quente, no primeiro dia de primavera. Os raios deslizavam pela parede branca do vizinho, ali perto cresciam as primeiras flores amarelas, ouro brilhante sob os raios quentes do sol. A velha avó estava lá fora, em sua cadeira, a neta, a pobre e bela criada, chegara para uma breve visita. Ela beijou a avó. Havia ouro, o ouro do coração no beijo abençoado. Ouro na boca, ouro no chão, ouro lá em cima na manhã! Veja, essa é minha pequena história!", disse o botão-de-ouro.

"Minha velha, pobre avó!", suspirou Gerda.

"Sim, ela sente minha falta, está triste por mim, assim como ficou pelo pequeno Kay. Mas em breve voltarei para casa, e o trarei comigo. Não adianta perguntar às flores, pois elas conhecem somente sua própria canção, não me contam nada!" E então ela amarrou seu pequeno vestido para cima para conseguir correr mais rápido. Mas o narciso bateu em sua perna quando ela pulou sobre ele, então ela parou, olhou para a longa flor amarela e perguntou: "Você sabe alguma coisa?". E se inclinou sobre o narciso. E o que ele disse?

"Eu me vejo! Eu me vejo!", disse o narciso. "Oh, como cheiro mal! Lá em cima, no pequeno sótão, semivestida, está uma pequena dançarina, ela fica de pé em uma perna só, nas duas, dá pontapés em todas as direções, é apenas uma ilusão. Ela derrama água do bule em uma peça de roupa em suas mãos, é o espartilho. Limpeza é uma coisa boa! O vestido branco, pendurado no gancho, também foi lavado com o bule e secou no telhado. Ela o veste, o lenço amarelo-açafrão no pescoço, e o vestido fica ainda mais branco. Perna para cima! Veja como ela se ergue em uma perna só! Eu me vejo! Eu me vejo!"

"Não gostei nada disso!", disse Gerda. "Para que me contar isso?" E então ela correu para a beira do jardim.

A porta estava fechada, mas ela torceu o gancho enferrujado e a porta se abriu, então a pequena Gerda saiu correndo, descalça, pelo vasto mundo. Olhou três vezes para trás, mas ninguém vinha atrás dela. Por fim, não conseguia mais correr e se sentou em uma grande pedra, e quando olhou ao redor, o verão tinha acabado, era final de outono, ninguém notaria no lindo jardim onde sempre havia sol e flores de todas as estações.

"Meu Deus! Como me demorei!", disse a pequena Gerda. "Já é outono! Não ouso descansar!" E se levantou para partir.

Oh, como seus pezinhos estavam doloridos e cansados, e tudo ao redor parecia frio e brutal; as folhas longas dos salgueiros estavam amareladas e a água da névoa pingava delas, uma a uma, as folhas caíam, apenas o abrunheiro tinha frutos, tão teso, de franzir a boca. Oh, como o vasto mundo era cinzento e pesado!

Quarta história.
O príncipe e a princesa.

Gerda precisou sentar-se e descansar novamente. E então um grande corvo pulou sobre a neve. Já estava ali há um bom tempo, olhando para ela e inclinando a cabeça. Ele disse: "Cra! Cra! Bô dia! Bô dia!". Não sabia dizer melhor, mas simpatizou com a menina e perguntou aonde ela estava indo, tão só, no vasto mundo. Aquela palavra: só, Gerda entendeu muito bem e sentiu tudo que ela representava, e então contou ao corvo toda a sua vida e perguntou se ele não tinha visto Kay.

O corvo balançou a cabeça, pensativo, e respondeu:

"Pode ser! Pode ser!".

"Você acha?", gritou a menina, e quase matou o corvo esmagado de tanto beijá-lo.

"Nada mau, nada mau!", disse o corvo. "Acho que sei. Acho que pode ser o pequeno Kay! Mas parece que ele te esqueceu pela princesa!"

"Ele mora com uma princesa?", perguntou Gerda.

"Sim, ouça!", disse o corvo. "Mas sua língua é muito difícil para mim. Se você entende corvês, posso explicar melhor!"

"Não, não aprendi!", disse Gerda. "Mas vovó sabe, e a língua do p também. Ah, se eu tivesse aprendido!"

"Não tem problema!", disse o corvo. "Vou contar da melhor forma que puder, mas será ruim, de qualquer maneira." E então ele contou o que sabia.

"Aqui neste reino vive uma princesa incrivelmente inteligente, ela leu todos os jornais do mundo e os esqueceu de novo, de tão inteligente que ela é. Um dia ela estava sentada no trono, e dizem que não é lá tão divertido, então ela cantarolou uma canção que era bem assim: 'Por que eu não me casaria?'. 'Ouça, há algo aí', disse ela, e então desejou se casar, mas queria um marido que soubesse responder quando alguém falasse com ele, que não apenas ficasse lá, com pose de nobre, pois assim é chato demais. Ela convocou todas as damas da corte, e quando elas ouviram seu desejo, ficaram bastante alegres: 'Gostei!', elas disseram. 'Também pensei nisso outro dia!' Pode acreditar em cada palavra que digo!", disse o corvo. "Tenho uma namorada mansa que anda livremente pelo castelo, e ela me contou tudo!"

A namorada dele também era um corvo, pois os corvos formam par, e é sempre com outro corvo.

"Os jornais saíram imediatamente com corações e o monograma da princesa. Estava escrito que todos os homens jovens e bonitos podiam ir ao castelo falar com a princesa, e aquele que parecesse à vontade e falasse melhor, esse a princesa tomaria por marido! Sim, sim!", disse o corvo. "Pode acreditar, é tão verdade quanto minha presença aqui e agora, veio uma multidão, houve tumulto e correria, mas não deu certo, nem no primeiro, nem no segundo dia. Todos falavam bem quando estavam na rua, mas quando entravam pelo portão do castelo e viam os guardas vestidos de prata, e lacaios em ouro nas escadas, e os grandes salões iluminados, ficavam espantados. E ao chegarem diante da princesa, só conseguiam repetir a última palavra que ela dissera, e ela não gostava nada de ouvi-la de novo.

"Ali dentro, era como se eles tivessem comido rapé e hibernassem, até saírem para a rua novamente, sim, então conseguiam falar. A fila ia do portão da cidade até o castelo. Vi com meus próprios olhos!", disse o corvo. "Eles tinham fome e sede, mas ninguém no castelo lhes oferecia sequer um copo de água morna. É verdade que alguns dos mais espertos tinham trazido pão, mas não dividiam com o vizinho, pois pensavam: Se ele parecer faminto, a princesa não o escolherá!"

"Mas Kay, o pequeno Kay!", perguntou Gerda. "Quando ele veio? Estava na multidão?"

"Dê tempo! Dê tempo! Estamos chegando nele! No terceiro dia, chegou um jovenzinho, sem cavalo ou carruagem, e marchou, intrépido, até o castelo. Os olhos dele brilhavam como os seus, tinha belos cabelos compridos, mas as roupas eram pobres!"

"Era Kay!", vibrou Gerda. "Ah, eu o encontrei!" E bateu palmas.

"Ele trazia um saco nas costas!", comentou o corvo.

"Não, devia ser o trenó dele!", disse Gerda. "Pois foi nele que ele desapareceu!"

"Pode ser!", concordou o corvo. "Não prestei muita atenção! Mas minha namorada me contou que quando ele entrou pelo portão do castelo e viu a guarda real em prata e os lacaios em ouro nas escadas, não ficou nem um pouco intimidado, acenou com a cabeça e disse: 'Deve ser chato ficar na escada, prefiro entrar!'. Lá dentro, as luzes dos salões brilhavam. Conselheiros e autoridades andavam descalços, portando barricas de ouro. Era fácil fazer cerimônia! Suas botas rangiam muito, mas ele não teve medo!"

"Só pode ser o Kay!", disse Gerda. "Sei que ele tinha botas novas, ouvi o rangido na sala de vovó!"

"Sim, elas rangiam muito!", concordou o corvo. "E ele seguiu intrépido até a princesa, que estava sentada em uma pérola do tamanho de uma roda de fiar. E todas as damas da corte com suas criadas e criadas de suas criadas, e todos os cavaleiros com seus servos e os servos de seus servos, que tinham aprendiz, todos estavam ao redor, e quanto mais próximos da porta, mais orgulhosos pareciam. O aprendiz dos servos dos servos, de chinelas, quase insuportável de tão orgulhoso, junto à porta!"

"Deve ser terrível!", disse a pequena Gerda. "E ainda assim, Kay conseguiu a princesa!"

"Se eu não fosse corvo, seria o escolhido, mesmo sendo comprometido. Ele falou tão bem quanto eu quando falo em corvês, foi minha namorada quem disse. Ele era corajoso e agradável. Não aparecera para pedi-la em casamento. Queria apenas ouvir a sabedoria da princesa, e gostou, e ela gostou dele!"

"Sim! Era o Kay!", exclamou Gerda. "Ele é tão inteligente que sabe fazer contas de fração de cabeça! Ah, leve-me até o castelo!"

"É fácil dizer!", disse o corvo. "Mas como faremos isso? Falarei com minha namorada. Ela saberá nos aconselhar, pois devo dizer-lhe, uma menina como você nunca conseguirá permissão para entrar!"

"Consigo, sim!", discordou Gerda. "Quando Kay souber que estou aqui, virá imediatamente me buscar!"

"Espere por mim ali, perto da cerca!", orientou o corvo, inclinando a cabeça e voando para longe.

Quando voltou, já havia anoitecido.

"Rá! Rá!", disse ele. "Ela mandou muitas lembranças! E eu trouxe um pouco de pão para você. Ela pegou na cozinha, lá tem bastante pão, e você deve estar com fome! Você não pode entrar no castelo, afinal está descalça. Os guardas em prata e os lacaios em ouro não permitirão. Mas não chore, você entrará mesmo assim. Minha namorada conhece uma pequena escada nos fundos que leva ao quarto, e ela sabe onde a chave está!"

E então eles entraram no jardim, na grande alameda, onde as folhas caíam, e, quando as luzes do castelo se apagaram, o corvo levou a pequena Gerda até uma porta nos fundos, que estava entreaberta.

Oh, como o coração de Gerda batia de aflição e saudade! Era como se ela estivesse prestes a fazer algo ruim, e ela só queria saber se era o pequeno Kay. Sim, devia ser ele. Ela pensou vividamente naqueles olhos inteligentes, nos longos cabelos. Podia ver nitidamente seu sorriso naquele tempo em que se sentavam sob as rosas. Ele ficaria feliz em vê-la e ouvir sobre o longo caminho que ela percorrera por ele, saber que todos em casa ficaram muito tristes quando ele não voltou. Oh, era temor e alegria.

Chegaram à escada. Havia uma pequena lamparina acesa sobre um gabinete. Avistaram então o corvo manso, que virou a cabeça para todos os lados e olhou para Gerda, que fez uma reverência, como a avó lhe ensinara.

"Meu noivo falou tão bem de ti, minha pequena senhorita", disse o corvo manso. "Sua *vita*, como se diz, é muito tocante! Pegue a lamparina, por favor. Eu irei na frente. Vamos seguir adiante, pois assim não encontraremos ninguém!"

"Acho que tem alguém vindo atrás!", falou Gerda, e algo passou rapidamente por ela. Eram como sombras na parede, cavalos com crinas esvoaçantes e patas finas, aprendizes de caçador, homens e mulheres cavalgando.

"São os sonhos!", respondeu o corvo. "Eles vêm e levam os pensamentos da alta senhoria para caçar, isso é bom, assim a senhorita poderá observá-los melhor na cama. Mas deixe-me ver, se a senhorita alcançar honra e dignidade, se então mostrará um coração grato!"

"Não é preciso nem dizer!", disse o corvo selvagem.

Então chegaram ao andar de cima, que era coberto de cetim vermelho com flores elaboradas nas paredes. Passaram pelos sonhos, mas eram tão rápidos que Gerda não viu nenhum rosto. Cada andar era mais magnífico que o outro. Era de se espantar, e agora tinham chegado ao quarto. O teto parecia uma grande palmeira com folhas de vidro, vidro precioso, e no meio do cômodo, penduradas em uma haste grossa de ouro, havia duas camas em forma de lírios: uma era branca, nela dormia a princesa; a outra era vermelha, e era nela que Gerda procuraria o pequeno Kay. Ela dobrou uma das pétalas vermelhas para o lado e viu um pescoço escuro. Ah, era o Kay! Ela gritou o nome dele bem alto, segurando a lamparina perto dele — os sonhos cavalgaram para o salão novamente — ele acordou, virou a cabeça e... não era o pequeno Kay.

O príncipe se parecia com ele apenas no pescoço, mas era jovem e belo. E a princesa espiou da cama-lírio branca e perguntou o que estava acontecendo. Então a pequena Gerda chorou e contou toda sua história e tudo que os corvos tinham feito por ela.

"Pobrezinha!", disseram o príncipe e a princesa, e eles elogiaram os corvos, dizendo que não estavam nem um pouco zangados com eles, mas que não deveriam fazer aquilo com frequência. Mas teriam uma recompensa.

"Querem voar livremente?", perguntou a princesa. "Ou querem emprego permanente como corvos da corte, com tudo que cai na cozinha?"

E ambos os corvos fizeram uma reverência e pediram emprego permanente, pois pensaram na velhice, dizendo:

"Que bom ter algo para quando estivermos de idade."

E o príncipe se levantou da cama e deixou Gerda dormir nela, e mais não podia fazer. Ela juntou as mãozinhas e pensou: *Como as pessoas e os animais são bons!* E e fechou os olhos e dormiu muito bem. Todos os sonhos voltaram voando, pareciam anjos de Deus, puxavam um pequeno trenó, e nele estava Kay, acenando com a cabeça. Mas tudo era apenas sonho, que sumiu assim que ela acordou.

No dia seguinte, ela foi vestida em seda e veludo da cabeça aos pés. Foi convidada a ficar no castelo e passar bons dias, mas pediu apenas uma pequena carruagem com um cavalo e um par de botas, então sairia novamente pelo vasto mundo e encontraria Kay.

Recebeu as botas e um regalo; estava muito linda. Quando saiu, uma carruagem nova de ouro puro esperava na porta. O brasão do príncipe e da princesa brilhava nela como uma estrela. Cocheiro, servos e cavaleiros, pois também havia cavaleiros, aguardavam com coroas de ouro. O príncipe e a princesa ajudaram-na pessoalmente a entrar na carruagem e desejaram toda a sorte. O corvo selvagem, agora casado, acompanhou-a durante as três primeiras milhas; sentou-se ao lado dela, pois não suportava andar à ré. O outro corvo permaneceu junto ao portão, acenando com as asas, não foi junto pois sofria de dores de cabeça agora que tinha emprego permanente e comia demais. Por dentro, a carruagem era forrada de doces, e nos assentos havia frutas e biscoitos.

"Adeus! Adeus!", gritaram o príncipe e a princesa; e a pequena Gerda chorou, e o corvo chorou. Assim se passaram as primeiras milhas. Então o corvo também disse adeus, e foi a despedida mais difícil de todas. Ele voou para uma árvore e acenou com as asas pretas enquanto ainda via a carruagem, que brilhava como a luz do sol.

Quinta história.
A pequena ladra.

Eles seguiram pela floresta escura, mas a carruagem brilhava como uma chama, feria os olhos dos ladrões, e isso eles não podiam suportar.

"É ouro! É ouro!", gritaram, pularam sobre os cavalos, mataram os pequenos cavaleiros, o cocheiro e os servos, e arrastaram a pequena Gerda para fora da carruagem.

"Ela é gorda e bonita, cevada com nozes!", disse a velha ladra, que tinha uma barba longa e espessa e sobrancelhas que desciam sobre os olhos. "É tão apetitosa quanto um cordeirinho gordo! Deve ter um ótimo sabor!" E então ela puxou sua faca, que tinha um brilho horripilante.

"Ai!", queixou-se a velha imediatamente ao ser mordida na orelha pela filha, que ela trazia pendurada nas costas e era tão selvagem e insolente que dava gosto. "Menina asquerosa!", ralhou a mãe, e não teve tempo para abater Gerda.

"Ela tem que brincar comigo!", disse a pequena ladra.

"Ela tem que me dar seu regalo, seu lindo vestido, dormir comigo em minha cama!" E então ela mordeu novamente, e a velha pulou no ar e se retorceu, e todos os ladrões riram, dizendo: "Vejam como ela dança com a cria!".

"Quero entrar na carruagem!", disse a pequena ladra, e sua vontade tinha que ser satisfeita, pois ela era muito mimada e teimosa. Ela e Gerda se sentaram na carruagem e passaram sobre tocos e espinheiros nas profundezas da floresta. A pequena ladra era do tamanho de Gerda, porém mais forte, mais corpulenta, e tinha pele escura; os olhos eram muito escuros, quase tristes. Ela pegou a pequena Gerda pela cintura e disse: "Eles não a abaterão, desde que eu não me aborreça com você! Você deve ser uma princesa?".

"Não", respondeu a pequena Gerda e contou-lhe tudo que havia passado e quanto estimava o pequeno Kay.

A menina ladra olhou muito séria para ela, balançou um pouco a cabeça e disse: "Eles não a abaterão, ainda que eu me aborreça com você, pois então eu mesma farei isso!". E assim ela enxugou os olhos de Gerda e colocou as mãos dentro do lindo regalo, era tão macio e quente.

A carruagem parou em frente a um covil de ladrões, rachado de cima a baixo. Corvos e gralhas voavam dos buracos, e os cães ferozes, que pareciam capazes de engolir uma pessoa, saltavam alto no ar, mas não latiam, pois era proibido.

No meio do grande, velho e fuliginoso salão de chão de pedra queimava uma grande fogueira; a fumaça subia até o teto e tinha que encontrar um jeito de sair. Uma sopa fervia em uma grande caldeira, e lebres e coelhos giravam em espetos.

"Você vai dormir esta noite aqui comigo, com todos os meus bichos!", disse a menina ladra. Elas comeram, beberam e foram para um canto onde havia palha e cobertores. Logo acima, sobre ripas e varas, havia quase cem pombos, pareciam estar dormindo, mas se mexeram um pouco quando as meninas se aproximaram.

"São todos meus!", disse a pequena ladra, e agarrou rapidamente um dos mais próximos, segurou-o pelas patas e o sacudiu, para que batesse as asas. "Beije-o!", gritou, batendo com ele no rosto de Gerda. "Lá estão os canalhas selvagens!", continuou ela, apontando para várias grades na frente de um buraco no alto da parede. "São canalhas selvagens, os dois! Se não estiverem bem trancados, voam para longe. E este é meu velho e querido Bé!" E puxou pelo chifre uma rena que tinha uma coleira brilhante de cobre em volta do pescoço e estava amarrada. "Esse aqui também tem que ficar preso, senão ele foge. Toda noite faço cócegas em seu pescoço com minha faca afiada, ele fica tão assustado!" E a menina puxou uma faca longa de uma rachadura na parede e a deslizou pelo pescoço da rena; o pobre animal bateu as patas, e a menina ladra riu e arrastou Gerda consigo para a cama.

"Vai ficar com a faca enquanto dorme?", perguntou Gerda, olhando com um pouco de medo para a arma.

"Sempre durmo com uma!", respondeu a pequena ladra. "Nunca se sabe o que pode aparecer. Mas me conte novamente o que contou sobre o pequeno Kay e por que você saiu pelo vasto mundo." E Gerda contou tudo outra vez, e os pombos selvagens arrulharam lá em cima na gaiola, enquanto os outros pombos dormiam. A pequena ladra passou o braço sobre o pescoço de Gerda, com a faca na outra mão, e dormiu, dava para ouvir. Mas Gerda não conseguiu fechar os olhos, não sabia se viveria ou morreria. Os ladrões cantavam e bebiam ao redor da fogueira, e a velha dava cambalhotas. Oh! Era uma cena terrível para a menina.

Então os pombos selvagens disseram:

"Cruu! Cruu! Vimos o pequeno Kay. Uma galinha branca carregava seu trenó, ele estava na carruagem da Rainha da Neve, que passou lá embaixo, na floresta, quando estávamos no ninho. Ela soprou sobre nós, filhotes, e todos morreram, menos nós dois. Cruu! Cruu!"

"O que vocês estão dizendo aí em cima?", gritou Gerda. "Para onde foi a Rainha da Neve? Vocês sabem?"

"Deve ter ido para a Lapônia, pois lá há sempre neve e gelo! Pergunte à rena amarrada na corda."

"Há gelo e neve, é maravilhoso e bom!", disse a rena. "Lá pulamos livremente nos grandes vales brilhantes! A Rainha da Neve mantém lá sua casa de veraneio, mas seu castelo fica a caminho do Polo Norte, na ilha chamada Spitsberg!"

"Ah, Kay, pequeno Kay!", suspirou Gerda.

"Fique quieta!", disse a menina ladra. "Ou enterro a faca em sua barriga!"

De manhã, Gerda contou-lhe tudo que os pombos selvagens disseram, e a pequena ladra ficou séria, mas balançou a cabeça e disse: "É a mesma coisa! É a mesma coisa. Você sabe onde fica a Lapônia?", perguntou ela à rena.

"Ninguém sabe melhor do que eu", disse o animal, com os olhos agitados. "Lá eu nasci e pulei nos campos nevados!"

"Ouça!", disse a menina ladra para Gerda. "Todos os homens se foram, mamãe está aqui, mas ao longo da manhã ela bebe da grande garrafa e tira um cochilo no andar de cima. Então farei algo por você!" Em seguida ela pulou da cama, jogou-se no pescoço da mãe, puxou-a pela barba e disse: "Meu doce bode, bom dia!". E a mãe a beliscou debaixo do nariz, que ficou vermelho e azul, mas no fundo tudo aquilo era afeto.

Quando a mãe então, tendo bebido de sua garrafa, foi tirar um cochilo, a menina ladra foi até a rena e disse:

"Eu adoraria fazer cócegas em você com a faca afiada muitas outras vezes, pois você fica bastante engraçada, mas é a mesma coisa, vou desamarrar sua corda e ajudá-la a sair para que você fuja para a Lapônia, mas se apresse e leve esta menina até o castelo da Rainha da Neve, onde o companheiro de brincadeiras dela está. Você deve ter ouvido o que ela contou, pois ela falou bem alto, e você fica à espreita!"

A rena pulou alto de alegria. A menina ladra ergueu a pequena Gerda, amarrou-a cuidadosamente na rena e lhe deu um travesseiro para se sentar.

"É a mesma coisa", disse ela, "aí estão suas botas de pelo, pois lá é frio, mas vou ficar com o regalo, é lindo demais! Mesmo assim você não ficará desprotegida. Leve as grandes luvas de lã da minha mãe, elas chegam até o seu cotovelo. Coloque-as! Agora suas mãos estão parecidas com as da minha asquerosa mãe!"

E Gerda chorou de alegria.

"Não estou gostando desse choro!", disse a pequena ladra. "Mostre que está feliz! E aqui estão dois pães e um presunto, para que não passe fome." Ela amarrou tudo na traseira da rena; a pequena ladra abriu a porta, prendeu todos os cachorros, e então cortou a corda com sua faca e disse para a rena:

"Corra! Mas tome cuidado com a menina!"

E Gerda estendeu as mãos, dentro das grandes luvas de lã, para a menina ladra e se despediu, e então a rena saiu galopando sobre arbustos e tocos, atravessando a grande floresta, pântanos e estepes o mais depressa que podia. Os lobos uivavam e as gralhas gritavam. "Puf! Puf!", dizia o céu. Era como se ele espirrasse vermelho.

"É minha velha aurora boreal!", disse a rena. "Veja como brilha!" E então ela correu ainda mais rápido, noite e dia. Os pães foram comidos, o presunto também, e então elas chegaram à Lapônia.

Sexta história.
A mulher lapã e a mulher finlandesa.

Pararam em frente a um casebre miserável. O telhado descia até o chão, e a porta era tão baixa que a família tinha que rastejar para sair ou entrar. Não havia ninguém em casa, somente uma velha mulher lapã que estava fritando peixe junto a uma lamparina com óleo de baleia. A rena contou toda a história de Gerda, mas primeiro a sua própria, pois achava que era muito mais importante, e Gerda estava com tanto frio que não conseguia falar.

"Ah, pobrezinhas!", lamentou a mulher. "Ainda têm um longo caminho pela frente! Terão que percorrer mais de cem milhas até a Finlândia, pois lá mora a Rainha da Neve, no campo, e queima luz azul toda noite. Vou escrever uma mensagem em um bacalhau, papel não tenho, levem-no para a mulher finlandesa lá em cima, ela saberá ajudar vocês mais do que eu!"

E quando Gerda já havia se aquecido e se alimentado, a mulher lapã escreveu uma mensagem em um bacalhau, pediu a Gerda que cuidasse bem dele e a amarrou novamente na rena, que partiu, pulando. "Puf! Puf!", soava lá no alto, durante toda a noite brilharam as mais belas luzes azuis da aurora boreal. E então elas chegaram à Finlândia e bateram na chaminé da mulher finlandesa, pois ela sequer tinha porta.

Estava quente lá dentro, e a finlandesa, pequena e encardida, andava quase sem roupa. Ela afrouxou imediatamente a roupa da pequena Gerda, tirou suas luvas e botas, pois de outra forma ela sentiria muito calor, colocou um cubo de gelo sobre a cabeça da rena e leu o que estava escrito no bacalhau. Leu três vezes, até memorizar, e colocou o peixe na panela, afinal, ele podia ser comido, e ela nunca desperdiçava nada.

E então a rena contou primeiro sua história, depois a da pequena Gerda, e a finlandesa piscou os olhos sábios, mas não disse nada.

"Você é tão sábia", comentou a rena. "Sei que pode amarrar todos os ventos do mundo em uma linha de costura. Quando o capitão afrouxa um nó, consegue um bom vento, se afrouxa o segundo, então venta forte, e se ele afrouxa o terceiro e o quarto, vem uma tempestade e derruba as florestas. Você bem que podia dar uma poção à menina que lhe dê a força de doze homens e faça com que ela derrote a Rainha da Neve."

"A força de doze homens", disse a mulher. "Sim, isso ajudaria!" E então ela foi até uma prateleira, pegou uma grande pele enrolada e a abriu. Havia algo escrito com letras estranhas, e a finlandesa leu até que o suor pingasse de sua testa.

Mas a rena, novamente, pediu tanto pela pequena Gerda, e Gerda olhou com olhos tão suplicantes, cheios de lágrimas, para a finlandesa, que ela começou outra vez a piscar os seus e puxou a rena para um canto, onde sussurrou para ela, colocando gelo fresco em sua cabeça:

"O pequeno Kay está com a Rainha da Neve, muito satisfeito, achando que aquele é o melhor lugar do mundo, mas porque uma lasca de vidro entrou em seu coração e um grão de vidro em seu olho. É preciso retirá-los primeiro, ou ele nunca se tornará humano, e a Rainha da Neve manterá seu poder sobre ele!"

"Mas você não pode dar uma bebida para a pequena Gerda que lhe dê poder sobre tudo?"

"Não posso lhe dar mais poder do que ela já tem! Não vê como o poder dela já é grande? Como pessoas e animais a servem, como ela, descalça, chegou tão longe no mundo. Não é de nós que ela deve receber poder, ele está em seu coração, está em ela ser uma doce criança inocente. Se ela mesma não puder ir até a Rainha da Neve e tirar o vidro do pequeno Kay, então não podemos ajudar! A duas milhas daqui começa o jardim da Rainha da Neve, leve a menina até lá. Deixe-a junto ao grande arbusto com bagas vermelhas na neve, não fique de conversa e volte correndo para cá!" E então a finlandesa ergueu a pequena Gerda e a colocou sobre a rena, que correu o máximo que podia.

"Ah, não peguei minhas botas! Não peguei minhas luvas de lã!", gritou a pequena Gerda, sentindo o frio cortante, mas a rena não ousou parar, correu até chegar ao grande arbusto com as bagas vermelhas; deixou Gerda ali e beijou-a na boca, lágrimas grandes e brilhantes desceram pelas bochechas do animal, que então correu o máximo que podia de volta. Lá estava a pobre Gerda, sem sapatos, sem luvas, no campo terrivelmente gelado da Finlândia.

Ela correu adiante o mais rápido que pôde. Então veio um regimento inteiro de flocos de neve. Mas eles não caíram do céu, que estava claro e brilhava com as luzes da aurora boreal. Os flocos de neve corriam pela terra, e quanto mais se aproximavam, maiores ficavam. Gerda se lembrava de como haviam parecido grandes e engenhosos através da lente de aumento, mas aqueles ali eram diferentes: grandes e terríveis, estavam vivos, eram a tropa avançada da Rainha da Neve. Tinham formas muito estranhas; alguns pareciam ouriços gigantes tenebrosos; outros, cobras amarradas esticando as cabeças para a frente; e outros, pequenos ursos de pelos eriçados, todos de um branco brilhante, todos flocos de neve vivos.

Então a pequena Gerda rezou o Pai-Nosso, e o frio era tão intenso que ela podia ver sua respiração, que saía como fumaça de sua boca. A respiração se tornou cada vez mais espessa e formou pequenos anjos claros, que cresciam cada vez mais à medida que tocavam o chão. E todos portavam capacetes e seguravam lanças e escudos. Eles se multiplicavam, e quando Gerda terminou de rezar, havia uma legião sobre ela. Eles traspassaram com suas lanças os terríveis flocos de neve, que se partiram em centenas de pedaços, e a pequena Gerda seguiu firme e corajosamente adiante. Os anjos tocaram-na nos pés e nas mãos, e então ela sentiu menos frio e caminhou depressa rumo ao castelo da Rainha da Neve.

Mas agora é preciso primeiro saber como está Kay. Ele sequer pensava na pequena Gerda, muito menos que ela estava ali, do lado de fora do castelo.

Sétima história.
O que aconteceu no castelo da Rainha da Neve e desde então.

As paredes do castelo eram formadas pela neve que soprava, e as janelas e portas, pelos ventos cortantes. Havia mais de cem salões, tudo conforme a neve caía, o maior se estendia por muitas milhas, todos iluminados pelas fortes luzes da aurora boreal, e eram tão grandes, tão vazios, tão gelados e tão cintilantes! Ali nunca havia alegria; nem mesmo um pequeno baile em que, ao som do vento, os ursos polares andassem nas patas traseiras e se comportassem com elegância; nem um jogo animado de cartas; nunca um encontro das raposas brancas para um café. Grandes, vazios e frios eram os salões da Rainha da Neve. As luzes da aurora boreal brilhavam com tanta precisão que era possível prever quando estariam no topo do céu ou junto ao horizonte. Bem no meio do interminável salão de neve havia um lago congelado; estava rachado em milhares de pedaços, mas cada pedaço era tão semelhante ao outro que eram uma obra só. No meio dele se sentava a Rainha da Neve quando estava em casa, e então dizia estar sentada no espelho da razão, que era único e o melhor neste mundo.

O pequeno Kay estava muito azul de frio, quase escuro, mas não percebia, pois ela tirara os calafrios dele com um beijo, e seu coração era um cubo de gelo. Estava arrastando uns pedaços planos e afiados de gelo, que posicionava de todas as maneiras possíveis, pois queria chegar em um resultado; como quando pegamos pequenas peças de madeira e formamos figuras no que é conhecido como jogo chinês. Kay também formava figuras, as mais engenhosas, era o jogo da razão no gelo. Para ele, as figuras eram excelentes e de extrema importância. Era o grão de vidro no olho! Ele formava figuras, palavras, mas não conseguia formar aquela que mais desejava: Eternidade. E a Rainha da Neve dissera: "Se você formar essa figura, será seu próprio senhor, e eu lhe darei o mundo inteiro e um par de patins novos". Mas ele não conseguia.

"Partirei para os países quentes!", disse a Rainha da Neve. "Quero olhar dentro das panelas escuras!" Eram as montanhas que cuspiam fogo, Etna e Vesúvio. "Vou caiá-las um pouco! É preciso, depois de tanto limão e uva!" E então a Rainha da Neve voou, e Kay ficou sozinho no salão de gelo vazio de várias milhas, olhando para as peças de gelo, pensando, pensando, tão rígido e quieto que parecia ter morrido congelado.

Foi então que a pequena Gerda entrou no castelo pelo grande portão de ventos cortantes. Ela recitou uma oração noturna, e então os ventos se acalmaram como se fossem dormir, e ela entrou nos grandes, vazios e frios salões. Então avistou Kay e, ao reconhecê-lo, atirou-se em seu pescoço, abraçou-o com força e gritou:

"Kay! Doce, pequeno Kay! Finalmente encontrei você!"

Mas ele permaneceu sentado, quieto, rígido, frio. E então a pequena Gerda chorou lágrimas quentes, que caíram sobre o peito dele e penetraram no coração, derretendo o gelo e destruindo a lasca de vidro. Ele olhou para ela, e ela cantou o cântico:

"As rosas crescem nos vales, e então fala o menino Jesus!"

Assim, Kay, explodiu em choro. Com as lágrimas, o grão do espelho rolou para fora de seus olhos, ele a reconheceu e se alegrou:

"Gerda! Doce, pequena Gerda! Onde esteve durante todo esse tempo? E onde estive eu?" E ele olhou ao redor. "Que lugar frio! Como é vazio e grande!"

E ele abraçou Gerda, que riu e chorou de alegria. Era tanta felicidade que até mesmo as peças de gelo dançaram de alegria, e quando se cansaram e se deitaram, formaram exatamente as letras que a Rainha da Neve dissera que ele deveria encontrar, e ele então se tornou seu próprio senhor, e ela lhe daria o mundo inteiro e um par de patins novos.

E Gerda beijou-lhe as bochechas, e elas floresceram. Beijou-lhe os olhos, e eles brilharam como os dela, beijou-lhe as mãos e os pés, e ele se curou. A Rainha da Neve podia voltar para casa. A carta de libertação dele estava lá, escrita com pedaços brilhantes de gelo.

E eles deram as mãos e saíram do grande castelo. Falaram sobre a avó e sobre as rosas no telhado. E por onde passavam, os ventos se acalmavam e o sol surgia. E ao chegarem ao arbusto com bagas vermelhas, a rena estava lá, esperando por eles, acompanhada de outra mais jovem, cujas tetas estavam cheias, e ela deu seu leite quente às crianças e as beijou na boca. E então elas levaram Kay e Gerda primeiramente até a casa da mulher finlandesa, onde eles se aqueceram na sala quente e aprenderam o caminho para voltar para casa, e então para a mulher lapã, que havia tecido roupas novas para eles e preparado seu trenó.

E as renas os acompanharam até a fronteira do país, onde a primeira vegetação despontava. Ali se despediram das renas e da mulher lapã. "Adeus!", disseram todos. E os primeiros passarinhos começaram a gorjear, a floresta tinha botões verdes, e dela veio cavalgando, em um magnífico cavalo que Gerda reconheceu (estivera amarrado à carruagem de ouro), uma jovem com um gorro vermelho brilhante na cabeça e pistolas diante de si. Era a pequena ladra, que havia cansado de casa e partiria, primeiro para o norte e depois para algum outro lugar, caso não se contentasse. Ela reconheceu Gerda imediatamente, e esta também a reconheceu, foi uma alegria.

"Você é um bom rapaz para se andar por aí!", disse ela para o pequeno Kay. "Queria saber se você merece que alguém vá até o fim do mundo por sua causa!"

Mas Gerda deu um tapinha em sua bochecha e perguntou pelo príncipe e pela princesa.

"Eles viajaram para terras estrangeiras!", anunciou a menina ladra.

"Mas e o corvo?", perguntou a pequena Gerda.

"O corvo morreu!", respondeu ela. "A namorada mansa ficou viúva e usa um fio de lã preta amarrado na pata. Reclama o tempo todo, e é tudo bobagem! Mas conte-me agora o que aconteceu com você e como conseguiu encontrá-lo!"

E Gerda e Kay contaram.

"Hip-hip-hurra!", exclamou a menina ladra e, segurando as mãos dos dois, prometeu que os visitaria se passasse pela cidade deles, e saiu cavalgando pelo vasto mundo. Mas Kay e Gerda andavam de mãos dadas, e conforme avançavam, era linda a primavera, com flores e vegetação. Os sinos da igreja tocaram, e eles reconheceram as torres altas, a cidade grande: era onde eles moravam, e eles entraram e seguiram para a porta da avó, subiram as escadas, entraram na sala, onde tudo estava no mesmo lugar, e o relógio disse: "Tique! Tique!", e o ponteiro se moveu. Mas ao passar pela porta, perceberam que tinham se tornado adultos. As rosas do telhado entravam pelas janelas abertas, e lá estavam as pequenas cadeiras, e Kay e Gerda se sentaram nelas, de mãos dadas, haviam se esquecido, como um sonho ruim, do esplendor frio e vazio da Rainha da Neve. A avó, sentada ao sol, leu a Bíblia em voz alta:

"Aquele que não for como uma criança não entrará no Reino de Deus!"

E Kay e Gerda se entreolharam e compreenderam imediatamente o velho cântico:

"As rosas crescem nos vales, e então fala o menino Jesus."

Lá estavam, adultos, e ainda assim crianças, crianças no coração, e era verão, verão quente e abençoado.

CHARLES PERRAULT foi um escritor francês, considerado o pai da literatura infantil e um dos precursores dos contos de fadas. Nascido em Paris, França, em 1628, criou memoráveis contos infantis, como "A Bela Adormecida no Bosque", "Chapeuzinho Vermelho", "Barba Azul", entre outros. Advogado de formação e ilustre figura literária, começou a escrever seus contos de fadas já idoso e publicou sua obra seminal, *Contos da Mamãe Gansa*, em 1697, quase aos 70 anos.

HANS CHRISTIAN ANDERSEN foi um escritor dinamarquês que se tornou célebre pelos seus contos de fadas. Nascido em Odense, Dinamarca, em 1805, é lembrado até hoje por suas obras mais famosas como "A Rainha da Neve", "A Pequena Sereia", "Os Sapatinhos Vermelhos", "O Patinho Feio", "O Soldadinho de Chumbo", entre outros. Ao morrer, em 1875, deixou um legado artístico de mais de 150 histórias infantis, traduzidas para mais de uma centena de idiomas.

JACOB E WILHELM GRIMM, conhecidos como os Imãos Grimm, foram dois autores alemães nascidos respectivamente em 1785 e 1786 que decidiram largar a advocacia para se dedicar à literatura em tempo integral, coletando narrativas populares. Interessados no folclore alemão e na história literária do país, atuaram como filólogos, pesquisadores e editores, publicando em 1812 seus *Contos Infantis e Domésticos*.

JEANNE-MARIE LEPRINCE DE BEAUMONT foi uma escritora francesa, imortalizada pela versão mais popular de "A Bela e a Fera", conto originalmente escrito por outra autora francesa, Gabrielle-Suzanne Barbot. Nascida em Ruão, França, em 1711, teve uma carreira literária bem-sucedida e atuou como editora e jornalista. Publicou romances, artigos e antologias de contos, na França e na Inglaterra.

ANA CUNHA VESTERGAARD é tradutora dos idiomas inglês e dinamarquês. Fisioterapeuta de formação, começou na área traduzindo textos médicos, mas já traduziu diversas séries, filmes e livros. Morou na Dinamarca alguns anos antes de retornar ao Rio de Janeiro, onde reside atualmente com o marido, também tradutor, e as filhas caninas Saga e Frida. Ama viajar, literalmente ou através de um bom filme ou leitura.

FLORA MANZIONE nasceu e cresceu em São Paulo, e seu fascínio por línguas, literatura e culturas a levou à faculdade de Letras da USP, onde estudou a teoria e a prática da tradução. Sempre gostou muito de contos de fadas, e alguns dos coletados pelos Irmãos Grimm estão entre os seus favoritos — um dos motivos de ter se especializado em alemão e estudado na Alemanha. Apaixonada por livros, está no mundo editorial há mais de 10 anos e, entre outras ocupações nesse universo, é tradutora de alemão e inglês.

INTY SCOSS MENDOZA iniciou sua história com a língua e cultura chinesas aos 12 anos, quando conheceu o Instituto Pai-Lin de Cultura e Ciência Oriental. Doutor em Educação pela Universidade de São Paulo e professor de mandarim, viveu por doze anos em uma comunidade religiosa da colônia chinesa-taiwanesa de São Paulo, onde teve início sua carreira como tradutor. Como autor, publicou três livros de filosofia chinesa com Mestre Sim Soon Hock.

MARCIA HELOISA é tradutora, doutora em Literatura pela UFF e gerente editorial na DarkSide® Books. Conhecida pelos darksiders pela tradução de obras clássicas como *Edgar Allan Poe: Medo Clássico*, *Drácula* e *O Morro dos Ventos Uivantes*, também organizou as antologias *Vitorianas Macabras* e *Pactos*.